U0140531

跟着达尔文去旅行3

第二次环游世界之旅

塔希提、新西兰和澳大利亚

[意]卢卡·诺维利 (Luca Novelli) 著

倪安宇 译

IN VIAGGIO CON DARWIN3

IL SECONDO GIRO ATTORNO AL MONDO

Tahiti Nuova Zelanda Australia

人民邮电出版社

北京

图书在版编目（CIP）数据

跟着达尔文去旅行：第二次环游世界之旅. 3，塔希提、新西兰和澳大利亚 / （意）诺维利（Novelli, L.）著；倪安宇译. -- 北京：人民邮电出版社，2012.1
ISBN 978-7-115-26384-1

Ⅰ. ①跟… Ⅱ. ①诺… ②倪… Ⅲ. ①探险－世界－普及读物 Ⅳ. ①N81-49

中国版本图书馆CIP数据核字(2011)第200821号

内 容 提 要

1831 年到 1836 年，达尔文完成了他的世界博物之旅，这为他完成不朽名著《物种起源》奠定了基础。2005 年 10 月，意大利作家卢卡·诺维利提出了从一个现代人的角度撰写"一个博物学家的环游世界之旅"的计划……本书便是对这第二次环球之旅中塔希提、新西兰和澳大利亚部分的忠实记述。

跟着达尔文去旅行 3 第二次环游世界之旅
塔希提、新西兰和澳大利亚

- ◆ 著 ［意］卢卡·诺维利（Luca Novelli）
  译 倪安宇
  责任编辑 郭佳佳

- ◆ 人民邮电出版社出版发行 北京市崇文区夕照寺街 14 号
  邮编 100061 电子邮件 315@ptpress.com.cn
  网址 http://www.ptpress.com.cn
  北京画中画印刷有限公司印刷

- ◆ 开本：850×1100 1/32 彩插：4
  印张：6.5 2012 年 1 月第 1 版
  字数：208 千字 2012 年 1 月北京第 1 次印刷
  著作权合同登记号 图字：01-2009-6611 号

ISBN 978-7-115-26384-1
定价：48.00 元

读者服务热线：**(010)67172489** 印装质量热线：**(010)67129223**
反盗版热线：**(010)67171154**
广告经营许可证：京崇工商广字第 0021 号

跟着达尔文去旅行
第二次环游世界之旅

目录

跟着今日的达尔文一起去旅行

在小猎犬号之旅进入尾声之际，达尔文颂赞"以穹苍为屋顶、大地为桌板"的生之喜悦，享受"合情合理的自然"，也累积了认知经验，因为"世界地图不再是一片空白，而今地图上充满了各式各样的生动事物"。如果达尔文今天重游当年由菲茨罗伊船长指挥的行程，除了重温各式各样的生动事物，探访珊瑚礁、火山形成的奇景、令人叹为观止的动植物界外，同时他也要关注一个特殊物种——人类是如何一点一滴地改变了自身所处的环境。或许达尔文今天会有点不情愿地登上飞机（其实坐在船上摇摇晃晃也非达尔文所爱。返航途中，他在1836年8月4日的家书中写道："我讨厌、憎恨大海及所有船只。"），看到19世纪当他第一次旅行时只有简陋棚屋的土地上而今摩天大楼矗立，他一定会大吃一惊，看到某些浴室富丽堂皇可比巴比伦王国会，他一定很满意。还有，

等他战胜因为未能恭逢其时所以对信息设备心生畏惧的障碍之后，应该也会兴味盎然地开始"玩"计算机吧。不过有一件事无论古今，对达尔文来说是永远不会改变的，那就是对大自然经年累月形成的无数千姿百态，从地质地形到生物图谱，他都始终有很高的兴趣。当年登上小猎犬号时，达尔文还是一个墨守成规的人，跟19世纪绝大部分神学家和自然哲学家一样，他坚信地球上生命与环境的互动是依循上帝所设计的完美永恒的蓝图而行。但是当他站上久违的家乡土地（或许早在航行的最后几个月就开始了），他心中的想法已全然改变，他开始思索大自然源源不绝的动力在漫长（相对于我们的寿命及人类文明史）的时间里，可能因为物竞天择而改变了物种的面貌。让某些人将达尔文看做生物界的哥白尼的这个令人隐隐不安的直觉推断，有什么佐证呢？不同领域慢慢提出的各式证据证实了达尔文的想法，大家共同归纳出来的结论就是达尔文思路正确的最佳保证，让这位博物学家在全世界收集回来的"奇珍异宝"能被进一步理解，也获得绝佳认可与支持。

诺维利接受挑战，让达尔文在第二次环游世界之旅中化身为现代人出场，不仅巧思独具，也充满幽默感。这趟旅行让达尔文见识到了现代科技所提供的交通及信息方面的便利。最好的旅游文学（其中不得不提乔伊斯笔下的《尤利西斯》，主人公是在街头游荡的小市民兼家庭主角的布卢姆，他挂在嘴边的一句话就是"已故的达尔文可真有独创性！"）告诉我们，可以重温旅行的空间，但无法重温旅行的时间。如此一来，新生的达尔文会深切感受到历史遗产的分量！诺维利用不少篇幅让我们发现，通过这个方法，达尔文对于基因是怎么回事（他终于翻开了遗传学先驱门德尔寄给他的论文，或阅读了其他后继学者的研究论文）、大陆是怎么来的（他可能会对魏格纳大胆的理论很感兴趣，至少也会把板块构造论记录下来）会有清楚的概念。

不过套句乔伊斯（还是他）的话说，历史就像是一场恶梦，人类很难从中挣脱清醒过来。由此观之，以塔希提、新西兰及澳大利亚为主的这本书更有意义。当年的达尔文歌颂"一个大陆正在崛起"的史诗，今日的达尔文则目睹了人类相残、与弥尔顿描述的悲怆画面不相上下的人间炼狱，才"有一个半球加入了文明世界"。诺维利用简单几句话勾勒出那段被称为"致命海岸"，尤其是澳大利亚的范迪门斯地（今天的塔斯马尼亚州）沿岸的历史：19世纪英国当局将那"半球"当做幅员广阔的罪犯流刑地，那里各种各样的刑具，就连卡夫卡的冷酷想象也会相形见绌。迫害会衍生更多迫害。这些被流放的罪犯（他们并非一般罪犯，而是不肯接受大英帝国"教化"的爱尔兰、苏格兰爱国志士），被当做廉价打手，以镇压不肯向入侵的白人低头的、为数众多的原住民。

我们今天知道，那些所谓的原始人，其实对这个世界有更细腻而深层的认识，只不过我们发现得太晚了！所以，今日的达尔文不仅会看到全体生物多样性的急剧减少，也会看到人类创造的不同生命形式正日渐式微。当然，这趟第二次环游世界之旅的收获不是只有人性关怀，同时也告诉我们发现之乐——凭直觉发现不寻常真相的乐趣。诺维利成功地让我们把达尔文当成现代人看待，只不过达尔文发现他的理念因为颠覆了既定的成见，直至今日仍然遭到顽强抵抗的时候，恐怕会比我们还要惊讶吧。如果有人告诉达尔文，德国浪漫诗人诺瓦利斯（Novalis）曾说过，好的哲学（我们再加上好的科学）"会让万物运转"，他或许能够聊以自慰，而这趟旅行也将成为一则生命的演化隐喻。

朱利欧·裴雷洛

亚速尔群岛
Azores

ATLANTIC
OCEAN　大西洋

Cape Verde
Islands
佛得角群岛

Galapagos
加拉帕戈斯群岛

Brasil
巴西

南　美　洲

Tahiti
塔希提

PACIFIC
OCEAN
太平洋

Tierra del
Fuego　火地岛

Antarctica
南极洲

达尔文之旅(1831~1836)

达尔文计划：
第二次环游世界之旅

2009年2月12日是达尔文两百周年诞辰。我借这个机会，提议科学界重温青年达尔文在1831年到1836年间完成的探险之旅，造访因他足迹所至而生的生态保护区及博物馆。这个计划的主旨是从今日的角度切入，重写他的《一个博物学家的环游世界之旅》(小猎犬号之旅，The voyage of the Beagle)。2005年10月，我跟几个伙伴一起出发前往第一站，走过佛得角群岛、里约热内卢、巴塔哥尼亚高原及火地岛。2007年2月则沿着智利和秘鲁，去往加拉帕戈斯群岛。

2008年上半年我们穿越太平洋，走过澳大利亚及印度洋，完成了环游世界之旅。在这4年的时间内，我们以各种交通工具走了9万公里，见到了摩天大楼与无垠沙漠。今天的旅行条件，自然比达尔文在19世纪所面临的舒适许多，但我们真正的优势是达尔文亲自出马陪我们从头到尾又走了一遭，所以我们这次依旧要把发言权交给达尔文先生，由他向大家叙述这次美妙旅行的点点滴滴。

卢卡·诺维利
2008年6月

如今, 即便是一艘快艇
也能提供种种生活上的便利,
环游世界。
除了船只和航海资源的
长足进步外,
美洲的整个西海岸
都已被开发,
而澳大利亚则俨然成为
一个崛起大陆的中心。
这个情况相较于库克船长时代
已大不相同!
从他开始航行至今,
有一个半球
加入了文明世界。

达尔文, 小猎犬号之旅, 1839

左图:
胡卡瀑布, 罗吐鲁阿湖
新西兰, 2008年2月

Charles Darwin

卢卡·诺维利

跟着达尔文去旅行3
第二次环游世界之旅

塔希提、新西兰和澳大利亚

出发前往太平洋之前

达尔文正准备要横渡太平洋。他第一次横渡太平洋是坐在小猎犬号上，时间是173年前。今天陪他同行的旅伴有朋友、科学家和热情的年轻人，从2005年10月开始至今，第二次环游世界之旅已经累积了数万里程。他越过大西洋，重回佛得角群岛、里约热内卢、布宜诺斯艾利斯、巴塔哥尼亚高原及火地群岛。他绕过美洲大陆最南端的合恩角，重新踏上智利和秘鲁的海岸，去到加拉帕戈斯群岛。达尔文还不是很适应这趟旅行的新伙伴们所使用的"诡异"科技，对于人类将某些革新引入当年的蛮荒之地或

达尔文研究中心的巨型陆龟，圣克鲁斯岛，加拉帕戈斯群岛。2007年2月拍摄。

原本是某些种族居住的地区，他常常语带嘲讽。

在加拉帕戈斯群岛，鬣蜥和巨型陆龟在达尔文的演化论里找到了平衡，他对于自己引起的争议至今仍未能平息感到很诧异。

旅行还要继续，接下来达尔文会重新回到第一次环游世界之旅去过的几个地方，他已经准备好要面对地球史及人类史上的新事物。他知道在他即将要飞越的无垠大海下，仍藏着许多不为人知的秘密。

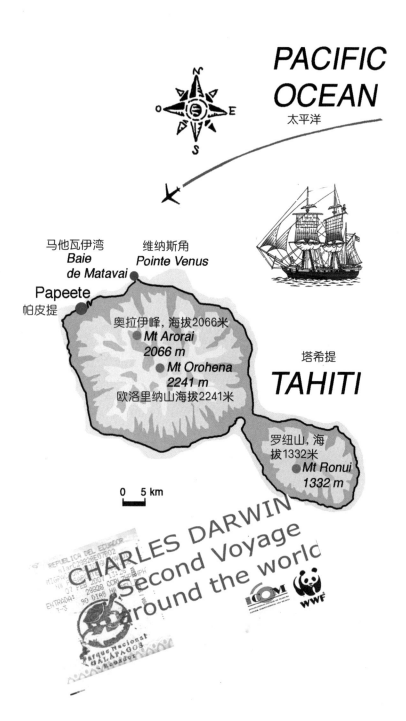

PACIFIC
OCEAN
太平洋

马他瓦伊湾
*Baie
de Matavai*

维纳斯角
Pointe Venus

Papeete
帕皮提

奥拉伊峰, 海拔2066米
● *Mt Arorai
2066 m*

● *Mt Orohena
2241 m*
欧洛里纳山海拔2241米

塔希提
TAHITI

罗纽山, 海
拔1332米
● *Mt Ronui
1332 m*

0   5 km

CHARLES DARWIN
Second Voyage
around the world

REPUBLICA DEL ECUADOR
ENTRADA:
07 FEB 2007
28828
90 DIAS
Parque Nacional
GALÁPAGOS

ICOM   WWF

1.重返塔希提

时差的问题

持久不衰的神话

维纳斯角的真实故事

第一个环游世界的女子

1月21日

　　美丽夺目的满月照亮了我们下方黑漆漆的平静海洋。我们坐在塔希提航空的飞机上。这架飞机有一个很美的名字：博拉博拉（Bora Bora），跟波利尼西亚（Polynesia）社会群岛（Archipel de la Société）的其中一个岛名字相同。机舱内装饰着高更的画，地毯是水蓝搭配翠绿色的，正是我们即将抵达的岛屿海水的颜色。两位非常可人的塔希提空姐正在分发点心，她们身上穿着色彩鲜艳的长衫，将身材衬托得更加玲珑有致。

　　我们在海拔10363米的高度，时速是788公里。机舱外的温度是摄氏零下42度。这些数据出现在我前面坐椅椅背上的小屏幕里，让我很是吃惊。马丁有话要说：

从塔希提看莫雷阿岛（Moorea）上的夕阳。2008年1月拍摄。

法属波利尼西亚邮票

"我们出发的洛杉矶，现在时间是明天2:32，在帕皮提是今天23:32，我们预计在明天凌晨1:00左右抵达。"

没错，这趟旅行我们是约在洛杉矶出发的。马丁、腓德列克、扑克从他们国家各自出发到美国来，薇姬妮亚、伊丽莎白和詹买的则是环游世界机票。我是在去年分手的加拉帕戈斯群岛跟大家会合的。

"这趟飞行时间是八个半小时，"马丁说，"等我们抵达帕皮提之后要把手表往回调3个小时。"

我听到坐在我后面的扑克嘴里嘟囔了几句，时差问题每次都把他搞得晕头转向。事实上，如果我没记错的话，当年小猎犬号上的水手也被时差问题整得很惨。

多出来的一天

　　塔希提和加拉帕戈斯群岛相隔3200多英里。当年小猎犬号每天平均前进150英里，以横渡那广袤的海域。我们经过低群岛（Low Archipelago），那里也称危险群岛，第一次看到了结构奇特的环状珊瑚礁。当时没想到，在小猎犬号之旅结束时，我会揭开环礁的形成之谜。塔希提出现在我们眼前是1835年11月15日，笼罩在早晨的低矮云层中，并没有十分引人入胜，我当时只看到几座高峰耸立在岛中央，后来渐渐能分辨出临海一带有茂密的植物。我们才刚在马他瓦伊湾靠岸，就被满载少男和巧笑倩兮的少女的独木舟所包围。当我们踏上维纳斯角的时候，则被一群男男女女和小孩围住。他们给我们套上花环，陪着我们来到传教士威尔森的家，威尔

詹的笔记本，贴有塔希提很受欢迎的人像贴纸。

旅馆小屋旁的植物近景。

帕皮提港夜景。2008年1月拍摄。

法属波利尼西亚纸币。2008年1月拍摄。

24

塔希提西南岸
与海平面同高
的湿地及植
物。2008年1月
拍摄。

我们在塔希提提阿胡普（Teahupoo）住的小屋。

森热情地招待了我们。我们发现对威尔森来说那天是星期一，但在我们的船上日志却记载着星期日。原来塔希提的时间永远是明天。

今天，换日线位于塔希提和新西兰之间，但是在我那个年代并非如此。我们很幸运，如果那天是星期天，塔希提的居民就得谨守宗教规范，不能让独木舟下水，而我们跟这个岛屿及可爱岛民的初次接触，肯定会因此逊色不少。

1月22日

我们在深夜时分抵达帕皮提机场，仍然有一群乐手和两个

塔希提当地人来迎接我们，为我们戴上花环。

因为传统是如此。不过在检查我们行李的时候，就一点都不传统了。"有没有带食物？动物？生物产品？"这些是接下来几天我们常常被问到的问题，从这里到印度洋之间，我们所到的每个飞机场都会问一遍。

"因为，"伊丽莎白跟满腹疑惑的扑克解释，"我们每个人身上很可能都带有细菌、外来植物的种子或传染病，会导致动植物的物种灭绝。这种事之前发生过，未来也有可能会再发生。"

我们从小猎犬号上岸的时候，当地有番石榴的问题。番石榴是从中美洲引进的，被当做果树栽种，会生长香味扑鼻、滋味甜美的果实，但它却变成了有害的外来树种。塔希提人很讨厌番石榴，不过我想在那之后的170年间，应该还有其他不少东西也都在塔希提落了脚。

法国航海家刘易斯·安东尼·布干维尔肖像画。他离开塔希提之后，在加里曼丹岛（Borneo）上发现了一种植物，后来人们便以"布干维尔"为其命名。

L . A . BOUGAINVILLE

　　我坐上来接我们去旅馆的车，环顾四周，这里的植物跟我记忆中的一样种类繁多、欣欣向荣，不过当年自然不会有那条环岛的柏油路。

帕皮提日报的头版标题，报导即将到来的选举。2008年1月拍摄。

名副其实的天堂

　　当年在塔希提若要走动，不是乘船就是走路。塔希提外有环状珊瑚礁围绕，以保护岛屿抵挡海洋的力量。珊瑚礁内的海水平静得宛如湖泊，划独木舟很安全。有些地方够深，大船也可以毫无问题地下锚。海滩是珊瑚砂，在橙树、香蕉树、椰子树和面包树之间那一条条通往住家的小路，也是珊瑚砂铺成的。我真觉得这里是个小天堂，不仅是因为眼前的美景，更主要的是岛上居民。我喜欢他们柔美的轮廓、他们的微笑，还有

睡莲，在塔希提的淡水水塘中十分常见。

他们发自内心的彬彬有礼。

这里的男人都身强体壮，比例优美，拥有晒得黝黑的健康肤色。一个欧洲人站在塔希提人旁边，就像将一朵花园里的柔弱小花放在森林里成长的植物旁边一样。他们会文身，身上还有极小的装饰物。不过当年塔希提的女子让我很失望，因为那时传教士要求她们要穿上衣物遮蔽裸体，并改变原本的习俗。她们穿着带有欧洲风格的全新衣服，看上去很可笑。我知道他们不仅适应了这个，还有其他许多事情。塔希提人的适应能力很强，这让他们免于灭绝，跟小猎犬号之旅遇到的其他种族的命运大不相同。

环游世界的女子

第一批欧洲人登陆马他瓦伊湾的时候，塔希提人欢天喜地。纯真无邪的他们准备了丰盛的食物，还有舞蹈仪式来迎接客人。这个地方，还有这个地方的人立刻征服了库克船长的心，就连最愤世嫉俗的德瑞克船长也被融化。塔希提女子轻而易举就吸引了所有水手，那些水手根本不敢相信自己的好运。塔希提的男人，不管是否为人夫或未婚夫，完全没有显露出妒意或有激烈的反应。

这个做法持续了数十年，让塔希提赢得了伊甸园的美誉。

"其实，在性方面主动献身根本不足为奇，"伊丽莎白以人类学家的口吻说，"在母系社会中，女性生下外国人或其他种族的孩子是很值得自豪的事情，因为那是改良群体基因的合理做法，对种族的生存有利而无害。"

"我很乐意协助任何人改良基因图谱，"扑克插嘴说，"看来这个地方很适合我。"

伊丽莎白瞪了他一眼，继续往下说：

"有趣的是，这里后来破天荒来了一名欧洲女性，植物学家芭赫（Jeanne Baré），她是1768年跟着法国航海家刘易斯·安东尼·布干维尔的船队到塔希提来的。整段航程中她都乔装打扮为男性，以免受到太多注目，也是因为当时水手都认为有女人在船上会招致不幸。芭赫从巴黎出发，一直到塔希提才第一次全身脱光，学塔希提的女子那样洗澡。

"这是塔希提的年轻男子第一次看到欧洲女人，而且还是一个没穿衣服的女人，大家立刻清楚展现出要跟她交配的欲望。芭赫在一小群年轻男子的追逐下跑回船上，大家这才惊讶地发现她是女的。后来的航程一切顺利，而她则成为第一个完成环球航海的女性。"

2.百瀑山谷

林中小屋

塔希提的处女地

缺席的恐龙

最后的女王

塔希提邮票，高更作品。

9:00

下雨。一大片乌云笼罩在岛屿上空。我们住的是隐身在森林里的一间干栏屋，依山面海。我们昨天晚上到的时候没注意到这里有多美。这小屋是法国建筑师设计的，有两层楼高，正面完全开放，建材包括石材、木头和玻璃等，屋顶则由木头及茅草铺成。

每张床都准备了蚊帐，挂在天花板上。虽然很潮湿，但我们并没有被任何蚊虫骚扰。

薇姬妮亚在为大家煮咖啡，马丁将塔希提地图摊开摆在大木桌上。"我觉得我好像印第安纳·琼斯哦。"詹很优哉地躺在为客人准备的吊床上，跟大家这么说。

我不知道谁是印第安纳·琼斯，不过这些棚屋跟小猎犬号登陆时当地人招待我们住的相去不远。那时候自然不会有浴室、淋浴间、电风扇、电冰箱、电灯和小吧台。

左图: 从大塔希提东南岸到西北岸的叉口。

　　这里什么都不缺。窗户其实根本没有用，即便遇到今天这样的坏天气，温度仍是不冷不热，湿度尚可接受。

　　"Ia ora na outou! 欢迎大家来到塔希提！"有一个声音响起。"Haere tatou！我们走吧！"是我们的导游在楼下呼唤我们，他开了一部越野吉普车来接我们。他叫特基（Teiki），是"孩子王"的意思，笑脸迎人的他在手臂和腿上都有文身。

大塔希提（Tahiti Nui）

　　1835年我们抵达塔希提的那天没有半滴雨。第二天我们在航海日志上写下11月17日星期二，而不是16日星期一——在追逐太阳的快乐航行中，我们丢掉了一天。我跟菲茨罗伊船长用早餐的时候，塔希提原住民又划着独木舟围在小猎犬号旁边。我们邀请他们上船，他们有近两百人，但完全没有制造任何麻烦。原住民们带了贝壳跟其他东西要来以物易物，他们清楚知道钱的价值，不过还是喜欢美元多过其他货币。据我所知，他们之中有人比我们船上的水手还有钱。

　　下午我离船，到岛内探险，爬上了距离维纳斯角海滩最近的一座小山。今天可以直接开车到观景台。有很多面海的小房子环绕在山腰上，不过小塔希提（Tahiti Iti）的内陆尚未开化。

大塔希提的植物与瀑布。

从高处看，塔希提很像一个正在一分为二的细胞。比较大的部分叫做大塔希提，比较小的叫做小塔希提，两者由一条数公里宽的地峡连接。全岛全长70多公里，最宽处有30公里，只有沿海地区有人居住，开垦栽种。陡峭的山壁上覆盖着郁郁葱葱、人迹罕至的原始林，有三座山峰海拔超过两千米。

塔希提的侏罗纪公园

特基没让我们有时间多想。"他们跟我说你们得去参观塔希提最重要的博物馆，还有生态保护区。上车吧，我带你们去，之后去东岸走走。"

特基在山间小路上跟在柏油路上开车同样轻松自在，但这却让我跟晕船一样难受。

扑克和伊丽莎白拼命按快门拍照，腓德列克在素描簿上勾勒山峰和没见过的树木，包括Mape树、塔希提栗树，以及随着海拔越高、越深入山区而越显巨大的蕨类。

中午12:00左右我们来到一个内陆湖，是严重山崩后自然形成的湖泊。我们停车，仿佛进入圣殿，大家保持静默。环绕着我

我们的导游摘取生长在塔希提森林里的红姜花（Red Ginger），让我们看花序(花在总花柄上有规律的排列方式)。

们的是火山岩陡峭的石壁，高数百米，看不到尽头，因为四面的山巅都笼罩在岛屿上空的云霭中。十多个瀑布从高处奔流而下，营造出远古地质年代的感觉。

"好像随时会有暴龙跑出来，"我听到詹喃喃自语，"把我们撕成碎片。"

其实波利尼西亚各岛屿上向来平静，不见任何危险动物的踪迹。

特基叫我们上车，全速在陡峻打滑的山间小路前进。又下雨了，倾盆大雨把我们的衣服和相机都淋湿了。然后云像布幔一样打开，露出蔚蓝的天空和灿烂的阳光。我们狼狈不堪却又很开心地回到小屋，薇姬妮亚和詹迫不及待地想要下海游泳。

下图一：帕皮提港一景。2008年1月23日拍摄。

下图二：纪念高更的塔希提雕刻。

1月23日

我们租了车，出发前往帕皮提。那是塔希提的首府，在小猎犬号时代也是如此。

　　我当年是从马他瓦伊湾走路过去的，沿着海滩，走在大树下，是很舒服的一趟散步之旅。如今约12公里长的这段路，完全被别墅、住家和私人花园所占据。

　　当年女王的官邸也在帕皮提，现在是政府所在地，也是多家报社和地方电视台的所在地。当年的帕皮提，与其说它是个城市，不如说那是茅草屋和小木屋聚集的村落。今天帕皮提有20万居民，白天人口激增。每天一大早汽车和劳工就会涌入，到傍晚5：00就全部撤离。塔希提人喜欢住在靠海的地方，自己种菜，过着乡村生活。都市不适合他们。

　　1836年我和菲茨罗伊到帕皮提去，是有明确任务的。有一艘英国船遭到低群岛的居民抢劫，当时土阿莫土群岛是归塔希提女王管辖的。我们要去讨回公道，并要求赔偿。

　　"你们那时候其实是去宣示英国女王对这些岛屿的主权吧。"马丁对我上一次旅行的附带目的有一套自己的看法。"那是典型的情报收集任务，不是博物学家做的事。"

　　我什么都没说，否则有太多东西需要解释了。

极盛时期的女王

　　当时在位的塔希提女王是波马雷（Pomarè）女王。她的官邸是用木头和茅草搭建的，她自己也算不上雍容华贵，是一

帕皮提市的高更美术馆。

个矮胖的大块头，不过神情倒是十分严肃冷静。女王接见我们的时候，身旁围绕着一群酋长和官员。直到数年前塔希提仍因为部落战争不断而四分五裂，是波马雷家族终止了所有纷争。

只有少数人躲到岛上人迹罕至的地方，拒绝接受女王的统治。

波马雷女王认了错，也同意赔偿，她得到老百姓及权贵的支持，要帮她募款以偿还款项。大家问了很多关于国际法的问题，并且在当天就口头颁布了与船只和货物运输相关的法令。我对塔希提人的实际与忠诚印象深刻。

第二天，女王应菲茨罗伊船长之邀来参观小猎犬号。马丁今天带我去看了波马雷五世的陵寝，那是一座小小的塔，距离海滩不远。时至今日，波马雷家族在帕皮提仍然举足轻重。

底图: 塔希提典型的拟人神像提克（Tiki），多为石雕或木雕。以前会以提克神来装饰波利尼西亚一带举行祭祀仪式的圣殿（marae）。

右图: 波马雷女王肖像。

"我看到一家音响折扣店的店名就叫做波马雷。"我们的车驰骋在港口道路上的时候,薇姬妮亚这么说。

的确,在我们拜会女王结束后,塔希提经历了不少变迁。

波马雷女王五世的陵寝,位于马他瓦伊湾。

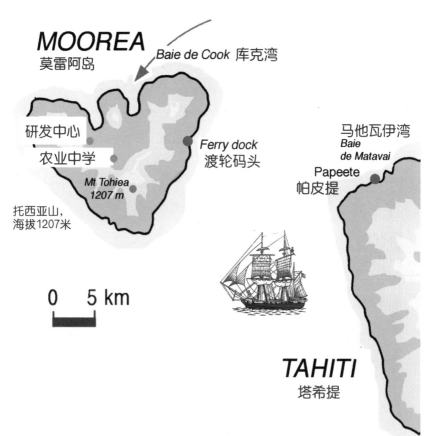

PACIFIC
OCEAN
太平洋

MOOREA
莫雷阿岛

Baie de Cook 库克湾

研发中心

农业中学

Ferry dock
渡轮码头

Mt Tohiea
1207 m

托西亚山,
海拔1207米

马他瓦伊湾
Baie
de Matavai

Papeete
帕皮提

0   5 km

TAHITI
塔希提

3. 维纳斯角

友善的海湾

暴风雨之夜

最后的活人献祭

邦蒂号(Bounty)喋血叛变

1月24日

我们又回到了马他瓦伊湾。马丁想拍下小猎犬号停靠的地方。维纳斯角这个名字是法国探险家布干维尔取的，当时他的马车号 (La Boudeuse) 在这里下锚。看到塔希提的女子主动献身，他称此岛为新希塞里亚(Cytherea)，那是古代希腊人认为维纳斯

帕皮提市马他瓦伊湾为纪念库克船长而建的灯塔。2008年1月拍摄。

女神（也就是爱神）诞生的地方。不过除了维纳斯角这个名称外，没有人记得布干维尔曾经造访此地。1867年这里竖起了一座灯塔，是为了纪念库克船长而设立的。

"我觉得这很不公平，"扑克忙着拍摄体型跟他一样，属于重量级的塔希提一家人。"我比较喜欢布干维尔，他让一个美丽的女子上船，还帮一种植物取了名字，也就是今天四处可见的九重葛。"

说完他就又忙着把镜头对准那一家人了。

他拍下来的画面，真的很像高更的画。这位法国画家在塔希提住了好多年。

扑克得意洋洋地给我们看他的摄影成果。

"这里简直是艺术家的天堂。我完全能理解高更在想什么。"

如今维纳斯角是个公园，帕皮提的青少年在库克灯塔下练习滑板特技，那景象就跟美国的威尼斯海滩或法国的尼斯海滩如出一辙。很多汽车停在大树下，却看不到一艘船在海面上下锚。多年来大船都只在帕皮提港口停靠，但我如果闭上眼睛，仍然可以看见当年小猎犬号在翠绿的海面上下锚，那里正好是环礁的缺口处，让捕鲸船和海盗船可以靠近珊瑚砂海滩。

莫雷阿岛上农业学校农场里的猪和面包树。

重复订屋之谜

我们傍晚才回到林中小屋，那个地方距离帕皮提60公里。下雨，天色昏暗，马丁进到屋里打开灯，整个人呆住了。他很疑惑地在房子里走了一圈，还到外面去确认我们有没有弄错房子。没有，那是我们的小屋没错。

房内有行李，但不是我们的行李。塔希提的地图摊在桌上，旁边还摆了一副眼镜，但那不是他的地图，也不是他的眼镜，帽子挂在原来的地方，但那也不是他的帽子，还有鞋子、新西兰导游书和泳裤都在原来的地方，可是主人都不是他。

"我要发疯了，"他说，"我不懂这是怎么回事……"

更荒谬的是，这时候一对美国夫妇打开门，非常不客气地质问我们在他们的小屋里做什么。

椰子树和在马他瓦伊湾上的塔希提人。2008年1月拍摄。

　　过了一个小时这个谜团才被解开，我们订的房已经到期了，今天晚上我们应该是帕皮提另一间旅馆的客人，旅馆正等着我们。小屋的管理人员帮我们收好了行李放在柜台，问题是太阳下山后柜台就没有人了，没有人通知我们，黑夜中、大雨中没有人理我们，也没有说明。

　　"这玩笑开大了。"扑克浑身湿透了，一边抱怨一边检查行李有没有少东西。

　　"我们什么都想过了，甚至还想说我们是不是掉到了一个平行的世界里……或是跑到了一间鬼屋……又或者是提克神施展魔法的关系。不过这些东西我们都不信，对不对，达尔文？"

　　我当然不信，但我什么都没说。否则对于这种事我也有蛮多话可以讲的。

塔希提博物
馆收藏的浅
石雕。

1月25日

莫雷阿岛。我们刚走下往来于帕皮提港口和这个形状像三叶草的可爱小岛的渡轮。莫雷阿岛是保护区,虽然岛上有好大一块地是由当地农业学校的学生负责栽种。这里的植物和景物都很像我第一次来所看到的塔希提。放眼望去并没看到真正的住宅区,房屋跟独栋别墅不是很少见,就是隐身在绿意里。现在有一条环岛的柏油路,可以骑自行车。

"直到数年前,"伊丽莎白说,"这条环岛道路还不是柏油路,而是用珊瑚砂铺成的。不过现在会有满载邮轮游客的车子驰骋在这条路上。"

我之前只从小猎犬号和塔希提山上远眺过莫雷阿岛。关于这个岛的故事很可怕,据说最后的活人献祭就是在这里执行的,在我那个年代,弓箭手会在岛上的几个围场里行献祭礼。

我们找到了其中一个"靶场"的遗址,就坐落在山丘上,面对库克湾,今天有一艘大型邮轮停靠在那里。

塔希提马他瓦伊湾海滩上玩耍的小孩。2008年1月拍摄。

今天在这些围场里有百年老树矗立,当年是空荡荡的。离这里不远处就是执行活人献祭的地方——并非对所有人而言,莫雷阿岛都是天堂。

基因杂交

我们投宿在莫雷阿岛西岸的一个小村落里。招待我们的主人是一对塔希提夫妇,他们的皮肤是琥珀色的,线条圆润,脂肪略多。

我发现薇姬妮亚一直在好奇地打量他们。

"到底塔希提人是从哪里来的?"她问我。

"我也想过这个问题。所有答案似乎都很神奇。这些岛屿距离最近的大陆有数千公里远,只有深谙航海的种族才有办法到岛上来。"

莫雷阿岛海岸数米外的礁石。2008年1月拍摄。

"那他们到底是从哪里来的呢？"

马丁决定更新一下我的信息。"他们来自东南亚，这应该是可信度最高的假设。不过也有人推论他们来自南美洲，这个论点最早为挪威的人类学家海尔达尔（Thor Heyerdahl）所证实，后来还有其他探险队也证实了这个可能性。1947年，海尔达尔建造了一艘木筏：康提基号（Kon Tiki），从秘鲁出发，航行了一百零一天后，在风和洋流的驱动下抵达波利尼西亚，所以他认为波利尼西亚人（或至少一部分的波利尼西亚人）很可能是来自秘鲁。"

"我想只有基因研究才能得出最后定论吧。"伊丽莎白说，"而且初步的分析结果已经出来了……波利尼西亚人的基因图谱内似乎不仅有来自东南亚的基因。"

马丁接着说："还有秘鲁人、西班牙人、法国人、英国人，甚至还有巴斯克人的基因！"

在莫雷阿岛礁石区拍摄到的黑鳍鲨鱼，也叫马加鲨（Maori），个性害羞。

那两株美丽的大树

我们打开行李，马丁已经开了计算机在看电子邮件。这个小村落提供无线网络。

"这里可以泡在海水里工作。"他说。

薇姬妮亚和詹已经换好泳衣，准备去探险了。这时候招待我们的主人带了6个新鲜椰子来，已经剥好皮、开了孔，还插好了吸管让我们吸椰汁。整个太平洋海域没有比这更棒的了，我可以保证。主人带我们去看面包树的果实，薇姬妮亚和詹没看过，觉得很新鲜。面包果跟他们想的不一样，他们还以为会长得像个圆面包，好奇地摸了摸，还称了称重量。晚一点，有人用炭火烤面包果给我们吃，面包果吃起来有点像番薯的味道，是绿色的、表皮皱皱的，圆圆的像个大柚子。面包树跟邦蒂号的喋血叛变故事息息

莫雷阿岛上的教堂和天主教传教团。

相关。英国船长威廉·布莱（William Bligh）于1789年停靠塔希提，目的是想要搜集面包树幼苗，以便日后可以在牙买加栽种，作为种甘蔗奴隶的食物。可是等船靠岸后，有几个水手要求返回，在返航途中这些人发动叛变，将布莱船长和其他几个长官放逐到一艘小艇上，任其逐海漂流，之后便折返塔希提，跟热烈欢迎他们的塔希提女朋友相聚。

布莱船长（这家伙是个坏蛋，而坏蛋的骨头都很硬）靠着那艘小艇居然抵达了距离塔希提北方一万公里远的印度尼西亚帝汶岛（Timor）！之后他再乘战船回到塔希提搜捕叛变者，并处以绞刑。有几个叛变者成功脱逃，带着他们的塔希提女友跑到皮特凯恩岛（Pitcairn）定居，今天他们的后裔仍住在那里。

4.海潮上的岛屿

小猎犬号来过之后
天堂里的原子弹
环礁上唯一的居民
珊瑚礁岛

*左页：莫雷阿
岛山脚下的
农业学校一
景。2008年1月
拍摄。*

*下图：塔希
提普奥纳亚
（Punaauia）
的特安纳
瓦哈劳（Te
Anavaharau）
考古中心标
志。*

19:00

　　我们在帕拉塔旬吃晚餐，马丁的朋友娜塔莉请客。帕拉塔旬是莫雷阿岛上最好的餐厅，还有人预订位子后，从塔希提搭乘直升机过来用餐。菜单上有法文和塔希提文，还有各式各样的鱼：鲔鱼、鲣鱼、鬼头刀（mahi mahi），以及用柠檬汁和椰奶腌制的鱼。我点了螃蟹和天堂鲑鱼，鲑鱼吃起来完全不像鱼。扑克跟之前一样，要遍尝美酒。他知道塔希提这几年新酿了一种很特别的酒，但是并不容易找到，尤其我们现在是在莫雷阿岛。我们只好勉强接受（当然是开玩笑的）一瓶很棒的勃艮第白酒，纯正法国出品。

　　我们一边用餐，马丁一边告诉我们波马雷女王登上小猎犬号之后在塔希提发生的事。

　　"你们抵达塔希提第二年，英国新教传教士赶走了法国的天主教传教士。因为你、菲茨罗伊、你们的礼物及十分成功

往来塔希提的莫雷阿岛码头。

的公关，塔希提转而服膺英国女王。

但是许多塔希提酋长并不认同，所以后来制定了一个保护国协议，由当时的法国国王路易·菲利浦一世批准。1842年法国少将杜皮伊特·朔尔斯（Abel Dupetit Thonars）赶走了英国传教士，而英国领事则变成了波马雷女王的幕僚。

在1842年到1847年间，法国和塔希提甚至还有过一场小小的战争，战后女王被迫接受法国保护。如今波利尼西亚仍是法国属地，或者说是欧洲属地吧，因为法国是欧盟成员国之一。不过波利尼西亚有自己的货币、国会，也有完整的自主权。"

两个原子弹环礁

马丁的朋友对我们说，接下来几年塔希提还会有不少变化。下个星期日有选举，其中一个政党鼓吹要脱离法国争取独立。

"不过这一次，"马丁微笑着看着我的眼睛说，"你就没办法介入了，博物学家。"

"我还蛮喜欢塔希提属于欧洲这个说法的。我现在既然知道了，就舍不得放弃。"扑克嘟嘟囔囔地说，"在这里我觉得好像在自己家一样，比在自己家还好……"

"我觉得比较遗憾的是，之前在这里做过原子弹试爆。"伊丽莎白插嘴说。

我对原子弹试爆的事情所知不多，

从莫雷阿岛山上眺望库克湾。

老画报上的库克湾。

上图：岛屿研究及环境观察中心入口。

下图：莫雷阿岛上的运动场。2008年1月拍摄。

但我不懂为什么会有人想到要在这样一个天堂试爆可怕的炸弹。

"是真的。是戴高乐将军同意执行的。当年法国不计代价，就是要发展原子弹。试爆从1966年开始，地点是穆鲁罗瓦（Mururoa）和方阿陶法环礁（Fangataufa）。即便是今天，还是不要靠近那片海域为佳。"

1月26日

我一大早醒来的时候，大家已经全都泡在水里了。早餐可以晚点再吃。薇姬妮亚和詹各乘一艘独木舟划到了珊瑚礁尽头，最闲不下来的扑克则选了一艘舷外浮杆独木舟（outtiger canoe）。

"它明明看起来比较好驾驭，"我听到扑克大声抱怨，"结果完全不听我指挥。"主人的儿子8岁大，站在岸边看着他，很担心。

"见鬼了，我没办法移动。"

只要一点水流就会让他那艘独木舟原地打转。

这个地方的水位最深只有一米，丝毫不危险。我开始想象等扑克划出珊瑚礁外后会发生什么情况。

我们当年乘小猎犬号到达这里的时候，所有独木舟都是这种有舷外浮杆的，塔希提的先民就是凭借它们挑战大海的，并在波利尼西亚开疆扩土。

"这里一共有118个岛屿，一个比一个美。"

马丁走到我身边，站在沙滩上看着扑克手忙脚乱，看得直乐。

"这些岛屿散布在与欧洲大陆一样大的太平洋上，有的岛上只有一个或两个居民。得花上数个月的时间才有办法巡遍这些岛屿。"

"而且绝对不能划舷外浮杆独木舟去。"

珊瑚礁大夫

11:00。用完早餐后，我们去参观岛屿研究及环境观察中心，中心面向莫雷阿岛北面的两个海湾之一。成立这个中心的宗旨是

研究社会群岛的生态系统，尤其是珊瑚礁潟湖的生态。

"我真希望我在这里工作。"伊丽莎白在走进中心办公室前，忍不住叹了一口气。

这里有来自全世界各地的学生和研究员。

负责接待我们的是年轻的亚尼克博士。他人很好，对我们此行的目的很好奇。他带我们参观了其中一个实验室及图书馆，解释说在这里做研究

上图：莫雷阿岛的库克湾一景。2008年1月拍摄。

上方右图：莫雷阿岛沿岸一间小屋门口的雕像。

都需要长时间潜水，要在珊瑚礁内外仔细采样。

我们问他来自哪个国家，他回答说："我是世界公民，跟珊瑚一样。"

"说得好。"扑克给予肯定。

2月27日

7：40。塔希提航空的飞机刚从塔希提机场起飞不久。与上一次一样，我带着敬佩和期盼再会的心情离开了。

天空晴朗，只有小小几朵白云在我们飞机下方、莫雷阿岛的山顶上空不肯离去。环绕在岛外的珊瑚礁跟大海的蓝色形成对比。然后我认出了胡阿希内岛、瑞亚堤亚岛、博拉博拉岛和其他社会群岛的岛屿，这些岛屿地势高耸且多山，而且外面都有美丽的珊瑚礁环绕。

再往东北方一点，可以看到

左图：古时候波利尼西亚弓箭手执行活人献祭的莫雷阿岛献祭场围墙，如今围墙内古树参天。

土阿莫土群岛（Tuamotu，也就是低群岛）外的环礁。那是一弯高于海平面十多厘米的珊瑚层。我当时所见的是地球史上最美的篇章，只是那时候的我不懂这些图像的意义是什么。海面下数千米处的陆地在移动，那些高耸的岛屿其实是从海底升起的火山，跟着其所属的陆地一起移动。经过数百万年的时间，有的陆地下沉，有的陆地解体，多亏了那些小小珊瑚虫的努力工作，才慢慢地变成了环礁。但是到底是怎么回事，等我到了科科斯群岛（即基林群岛）才弄明白。

飞翔在太平洋上空。云的那端隐约可见赖阿特阿岛和博拉博拉岛。

群岛湾的派希亚
Bay of Islands
Waimate   Paihia
怀马蒂

Auckland
奥克兰

库克海峡 *Cook Strait*

TASMAN SEA
塔斯曼海

NORTH ISLAND
北岛

Wellington
惠灵顿

PACIFIC OCEAN
太平洋

SOUTH ISLAND
南岛

Christchurch
克赖斯特彻奇

N O E S

5. 战士之岛

消失的一天
换日线
英国的对距点
漂移的陆块

毛利青年。罗托鲁阿（Rotorua），北岛。

星期日，不对，是星期一

在帕皮提此刻是星期日上午11:00，我们4个小时前离开了那里。这个时间出现在我前方的椅背上。再过大约两个小时，这班塔希提航空的班机会在新西兰的奥克兰降落。放眼所及，飞机下方数千公里内只有太平洋。即将迎接我们的那块土地上的先民也来自塔希提。约800年前，他们乘着类似维京船那样的大船，船上带着鸡、猪和番薯，横渡了隔开新西兰和社会群岛的广袤大洋。跟其他离开塔希提那个温柔乡的同源血亲的不同之处在于，他们后来的性情变得一点也不温柔，名为毛利人。

他们当时自然没有我们现在遇到的小问题。这回我们不仅要把手表往前调两个小时，包括日期也得换。我们出发的时间是星期日上午，飞了6个小时后，抵达奥克兰已经是星期一中午12:00了。

上图：当年小猎犬号之旅所见的毛利人村落。

中图：奥克兰市中心，2008年2月拍摄。

扑克觉得数字兜不拢，不死心一直埋头换算时间差，结果白忙一场。我们跨越了不止一个时区，而且还跨越了换日线。我们即将在明日之岛上降落。

小猎犬号的海上行

1835年，航行了24天后，我们在深夜抵达新西兰。那天是12月19日。整整3个多星期的航海，途中除了深不可测的蔚蓝海水外，什么都没遇到。但是暴风雨并没有缺席，吹了将近一个星期。看着只有汪

天空塔，高328米。在192米处设有高空弹跳平台。

洋没有陆地的航海图，我发现我身在英国的对跖点（位于地球直径两端的点，在地球两端遥遥相望，时差12小时），继续往前航行，是我这趟漫长小猎犬号之旅第一次往回家，而不是向离家的方向前进。

小猎犬号在清晨驶入群岛湾，因为没有风，所以我们在海湾口停顿了数个小时。有3艘捕鲸船停泊在那里，只有一艘独木舟划到我们船边好奇地打探。这一区的地貌平缓多丘陵，沿岸房舍稀少，房舍后方乍看之下仿佛是一片茂密的牧草，后来我们才发现那全都是巨大的蕨类植物。在南半球现在是春天，空气中弥漫着属于家乡英国的花香，有忍冬、茉莉、紫罗兰和多花蔷薇。

下图：从最近的火山伊甸山（Mount Eden）眺望奥克兰全景。

一片宁静。

奥克兰，16:00

奥克兰距离当年小猎犬号下锚的群岛湾南方有两百公里。来机场接我们的，看起来很像是一位寡言的乡间士绅。他很多礼，但除非必要完全不开口。他说的英文让我傻眼，我不太听得懂。

汽车在连接机场和奥克兰市中心的六车道高速公路上奔驰。

我们沿海滨走，海面上小型游艇密布。不到半个小时我们就抵达了旅馆。旅馆风格十分现代，但采用了毛利人木雕像作为装饰。房间面向观光码头，5层楼下的海面上停靠着几艘造价不菲的高级游艇。

游艇后方耸立着奥克兰塔，高328米。

"幸好这里是赞助商招待。"扑克打开浴室的门，这间浴室跟撞球间一样大。

"可是没有坐浴桶（bidet）……"马丁说。

扑克看了一眼，确认马丁的说法无误。

"英国也没有。这个可怕的卫浴设备就跟希特勒和

毛利人雕像

拿破仑一样，始终没办法越过英吉利海峡。"

"没错，只要是在开车靠左行驶的国度，就没有坐浴桶……"

"整个大英联邦都是如此。"

"我们要知足了。"扑克做了结语。

他打开热水水龙头，打算装满这可媲美巴比伦王国宫殿等级的浴缸。

在天空塔（Sky Tower）上

腓德列克是在旅馆跟我们会合的。他搭前一班飞机来，已经参观了半个城市：书店、博物馆、画廊和剧院。他帮我们安排了一个非常紧凑的行程，还有在日落时分上高塔用餐。他旅行的时候根本都不睡觉，只有画画的时候才会停下脚步。马丁不是很认同腓德列克的节奏，他认为在行程中间的空当有助于吸收事物。不

奇异鸟（Kiwi）。在小猎犬号之旅途中，达尔文在笔记本中描绘记录下来的鸟类。

过到天空塔上用餐获得大家一致通过, 这样我们可以看到城市的全貌。

不过这间全新的旅馆给我们制造了一个意想不到的问题: 电子门卡感应不良。马丁已经更换了两次门卡, 伊丽莎白没办法进到自己的房间去。因为坐电梯也得用电子门卡感应, 否则电梯就不会动, 所以她只好走安全梯, 一下跑到14层去, 一下又跑到地下室去, 最后她从厨房冒出来, 多亏了一个好心的厨师帮忙, 她才终于抵达旅馆柜台。这时候她已经失踪一个小时了。

你们这个电子世界让我觉得很有趣, 一切都更简单, 但也更复杂了。

傍晚6: 00, 我们登上天空塔第120层。电梯的地板是透明玻璃, 地面以火箭般的速度离我们远去。天空塔旁边有一个很大的平台。

新西兰人一有空就爱玩这些玩意儿: 爬摩天大楼、游泳横渡冰湖和泛舟。

奥克兰博物馆。在我们抵达前不久, 有一个以达尔文小猎犬号之旅为主题的展览刚结束。

"怎么样？我们要跳吗？"电梯距离地面300米的时候，腓德列克问大家。

詹和薇姬妮亚有点动心，扑克和马丁对餐厅菜单和酒单的兴趣比较大。

站在一百座火山口上

太阳在摩天大楼和海平面间缓缓落下。我们站在最高的建筑物上，奥克兰夹在太平洋和塔斯曼海之间。马丁指给我看几座圆锥形的山头，有的在城市外围，有的则耸立在城市内。不用他多说，那些是死火山的火山口。

奥克兰所在的区域是近代才从海底上升的地带。其实整个新西兰都位于敏感地带。这里的地壳较薄，火山熔岩离地表较近。

我第一次来的时候，随身携带了英国地质学家查尔斯·莱尔（Charles Lyell，1797～1875）所著的关于地质学研究的书，这些书对我理解眼前地貌的自然景色非常有帮助，让我明白我们脚下这块沉默大地的地表其实是会不断移动并改变的。但是地表下的运动状态和起源，无论对我或对莱尔而言，却仍然是未解的谜。

"事实上，直到不久前关于这些陆地的移动现象，专家们仍然意见分歧，"马丁说，"继莱尔之后堪称史上最天才的德国地质学家魏格纳（Alfred Wegener，1880～1930）提出了'大陆漂移说'，他发现按海岸线轮廓来看，非洲和美洲大陆应属于同一陆块，进而推断说这两大洲原本是相连的一块盘古大陆，后来才逐渐漂移分离的。等到发射地质观测用途的人造卫星环绕地球后，才证实形成地球表面的板块远比洲的数量要多。这些板块互相靠近或分离的速度平均为每年7.5厘米。这套学说称为板块构造论，或板块构造学。"

"我们现在所在的位置，"伊丽莎白眺望着奥克兰周围的死火山说，"正好是太平洋板块跟澳大利亚板块碰撞的地方。"

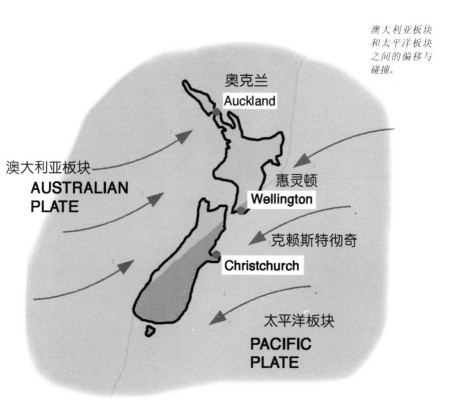

澳大利亚板块和太平洋板块之间的偏移与碰撞。

6. 重返怀马蒂

性情温和的奇异鸟
巨大的恐鸟（Moa）
消失的多元性

*左页：往怀马蒂
前进的沿途风
景。*

*下图：怀马蒂
传教团入口
处，2008年2月
拍摄。*

1月29日

我当时是跟小猎犬号上的绘图师马坦斯一起在群岛湾下船的，我和他沿着沙滩走了很久，一直走到帕希亚（Paihia）都找不到前往内地的路，周围全都覆盖着蕨类植物，导致无法通行。后来我发现那些蕨类并非野生植物，而是人为的产物。毛利人火烧森林以便狩猎或让森林较稀疏，而蕨类是在这些土地上最早长出来的植物。在引进番薯之前，蕨类的根是毛利人的主要粮食。

群岛湾一带跟奇洛埃岛和塔希提一样，农庄之间的联络都靠小船维系。周遭的山丘都有人工开凿的痕迹，毛利人曾经在此挖掘壕沟、兴建台地以作为防御工事。在欧洲人抵达之前，不同部落间经常开战。

1835年左右，在群岛湾附近约有300个英国人，被不知精确数字、还没将土地拱手献给白人的毛利人所包围。

怀马蒂传教团
住所今日被视
为历史古迹。

怀马蒂

怀马蒂位于群岛湾内
陆，距离海岸20多公里。陪
我来这里的，是跟我结为朋
友的英国行政官布什比先
生帮我找的一位向导。1835
年的怀马蒂没有墓园，也
没有教堂，传教团只拥有几间茅舍和三间木造的简陋小屋，主要
建筑物有两层楼，所在位置和现在英国牧师接待访客的地方不
同，周围原本农田环绕。如今辽阔的牧草地，之前是茂密的贝壳杉
（Kauris）林。

下图: 怀马蒂传
教团内的小教
堂，是新建的建
筑物之一。

今天圣琼斯教堂被新西兰政府指定为保护地，是历史古迹，
因为那是圣公会第一批传教士来到新西兰的落脚处。教堂外的墓

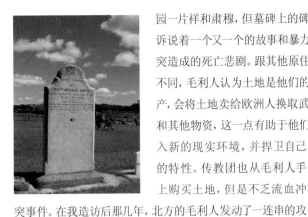

园一片祥和肃穆, 但墓碑上的碑文诉说着一个又一个的故事和暴力冲突造成的死亡悲剧。跟其他原住民不同, 毛利人认为土地是他们的财产, 会将土地卖给欧洲人换取武器和其他物资, 这一点有助于他们融入新的现实环境, 并捍卫自己的特性。传教团也从毛利人手上购买土地, 但是不乏流血冲

怀马蒂最早的墓碑之一。达尔文于1835年认识的几位传教士也在此一墓园长眠。

突事件。在我造访后那几年, 北方的毛利人发动了一连串的攻击, 让英国传教士的住所遭受严重威胁。而在我造访之前, 布什比先生也曾受到某些人的攻击, 他被迫以武器反击。我不知道他后来怎么了, 或许墓园中的其中一个墓碑就是他的。

巨型恐鸟

我发现今天在新西兰很少看到鸟, 难怪我觉得特别安

72

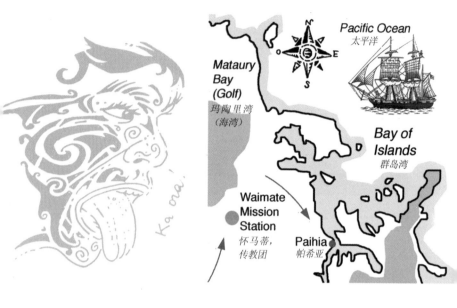

静，只听到风声呼呼。这么大一个岛，气候宜人，不管什么高度的土壤都很肥沃，却只有极为稀少的原生动物。

其中最奇怪的当属奇异鸟，今天它是新西兰的吉祥物。这种没有翅膀的鸟，比鸡的体型略大，以矮树丛为主要活动范围，只在太阳下山后才现身，白天几乎找不到它们的踪影。可想而知，如今达芬奇雀是保护动物，尽管如此，每天晚上仍有上百只这种温驯

下图：面向群岛湾的高尔夫球俱乐部。这里是当年库克船长及1835年小猎犬号登陆的地方。2008年2月拍摄。

73

今日群岛湾一景。

的动物死在车轮下。

　　"800年前，毛利人来到新西兰之前，"伊丽莎白说，"这块土地上到处都是一种无翅鸟，体型远比奇异鸟大，叫做恐鸟，长得很像似鸟龙（Ornithomimus），高5米，可是性情温驯，没有防卫能力，人类一来就难以存活了。"

消失的蕨类植物

伊丽莎白问我看不看得出今天的植物和百年前的植物风貌有所不同，我回答说看得出。其实我当年就看到了欧洲植物在这块土地上初步展开"殖民"的情况。这与我在阿根廷彭巴大草原看到外来物种的入侵现象如出一辙，而且在牛、猪被引进后，草原风貌的改变速度就更快了。

有一种韭葱已经占据了许多地方，欧洲常见的白花酢浆草在这里也到处都是。蕨类植物消失了，只有在来怀马蒂途中经过的保护区内才能看到大量蕨类。而今放眼望去山丘上都是牧草，还看得到贝壳杉，但是这些贝壳杉的树干比起当年我在传教团附近看到的直径达4米的那棵，显得小巫见大巫。自然景色的确都变了。面向群岛湾居然开发了一大片高尔夫球场。

多元的原生林只剩下欧洲植物殖民区十分之一的面积。在此之前，则是被初来乍到的毛利人火烧焚林。自然环境总是因为人类的纷至沓来而改变，在欧洲、亚洲也不例外，比工业革命早得多。

前往怀马蒂途中经过的原生林内所设置的信箱。

"只是现在情势失控了。"伊丽莎白喃喃自语。

恐鸟模型。这种鸟因人为因素早已灭绝。

前往怀马蒂途中收集的叶子和植物。

7.不断上升的岩浆

腾空弹跳

令人害怕的舞蹈

跟恐龙一样大的鸟

我们脚下的地狱

国民英雄

我们从奥克兰市中心一家书店走出来的时候，听到隔壁一条马路上传来令人毛骨悚然的尖叫声，而且我居然还听出了薇姬妮亚的声音。后来我们发现尖叫的其中一个人的确就是她。我们跑过去抬头一看，看到一个金属和玻璃的"小盒子"正在天空塔第20层到30层之间摆荡，里面所有人都在尖叫。詹和薇姬妮亚也在那盒子里面，他们无法抵挡诱惑，决定体验一下奥克兰天空塔这个奇怪又令人害怕的游乐设施。对新西兰人而言，那是小孩子玩的东西，不过他们与毛利人的哲学观是一样的：如果有什么极端的东西可以尝试，那就去做吧。

不过新西兰的国民英雄希拉里（Edmund Hillary，1919～2008）可不这么想。这位登山家和探险家曾登上珠穆朗玛峰，多次完成攀登阿尔卑斯山的壮举。他刚过世不久，不过我

左页：罗吐鲁阿火山区地热公园的一景。

下图：新西兰5元纸币，上面是国民英雄探险家希拉里的肖像。

们在旅途中仍然在不同地方会有不同机会与他相遇：帕皮提日报的一则摄影专辑报导、奥克兰博物馆的一幅肖像、新西兰的5元纸币、我们经过的两个公园，还有澳大利亚航空杂志《Quantas》上……仿佛他有话要对我们说。

"他认为做伟大的事，并不需要刻意让自己置身于险境，"伊丽莎白是他的头号粉丝，"因为危险迟早会自己找上门来，只需要做好面对危险的万全准备就好了。"

"喔，"扑克说，"这个希拉里看来是个有头脑的英雄。这个世界需要的不是英雄，需要的是理性的英雄。"

骇人的舞蹈

2月的阳光照在奥克兰博物馆所在的山丘上。那是一栋新古典主义风格的雄伟建筑，有全世界最丰富的毛利文物及成品，展出的还包括几艘令人肃然起敬的独木舟、数间大型公共建筑和上百尊可怕的木雕像。毛利文化在欧洲人到达之前已经高度发展，如今则已完全融入西方文明，至少在

罗吐鲁阿南部圣泉
（Wai~o~tapu）
地热公园一景。

新西兰看电视、翻报纸的时候会有这种感觉。白人和毛利人在同一个橄榄球队里，例如新西兰橄榄球国家代表队全黑队（All Blacks），大家会一起跳毛利传统舞蹈哈卡舞（Haka），用同样的方式转眼睛、伸舌头。

"你看，"伊丽莎白给我看奥克兰一本周刊的封面，"白人跟毛利人居然如此大剌剌地互磨鼻子。"

"看来如果有人冒犯他们的酋长，就有可能遭殃的日子十分遥远了。"

奥克兰港口的远洋帆船比赛。2008年2月拍摄。

在冥界上方脚步踉跄

在奥克兰博物馆楼上有一个厅展出的东西让人十分不安。那个厅介绍的是火山，而且还是围绕在奥克兰周围的火山。

震耳欲聋的影片播放着奥克兰在最近1000年间所发生的事：有岛屿从海底升上来，也有岛屿因为接连发生可怕的水灾而沉没。最骇人听闻的是迟早会发生的那件事：太平洋板块不断推挤澳大利亚板块，并沉入其下，以至于下方广大岩浆

库里的岩浆压力持续累积，迟早会找到出口，从地表喷出。电视屏幕上播放的是一则相关电视新闻的报道。

动画呈现的效果比语言更具说服力：奥克兰下方的岩浆正逐渐上升，越来越接近地表。动画结束后，新闻报道中有一名忧心忡忡的地质学家说：地狱的出口就在南半球最高的那座塔下面。

左图：毛利木雕像。奥克兰博物馆收藏。

被惹火的航海家

下图：毛利人的战船。奥克兰博物馆收藏。

小猎犬号之旅所遇到的新西兰人，不管是毛利人或白人，在我的印象中都不是厉害的航海家。但今天在博物馆看到的毛利人打造的优雅、坚固的大型战船，让我完全改变了想法。这些战船真是让人叹为观止，要靠上百名动作整齐划一的桨手才能运作。不过让我彻底改变想法的，是看到上百艘帆船在港口聚集。

在码头下锚的帆船中，有一艘还赢得过美国杯帆船赛，那可是帆船运动中历史最悠久、名气最大的竞技比赛。

"最近新西兰人有点恼火。"帆船迷薇姬妮亚说。因为在2007年的美国杯帆船赛中，瑞士打败了新西兰。

罗吐鲁阿千禧年旅馆的网络使用券。

恐鸟啤酒和马布洛区白苏维翁酒的标签。

"瑞士没有海,最多只有日内瓦湖。"扑克冷笑,挖苦说,"换作是我,也会很恼火。"

奥克兰,19:00

我们现在在Loaded Hog餐厅用餐,这家位于港口的餐厅距离防波堤只有十多米,那里正是参加美国杯帆船赛的美丽黑白船停靠的地方。扑克想要品尝新西兰美食,删去了所有欧洲菜和伊丽莎白的素菜选择,点了新西兰当地最有名的贻贝。"这里的贻贝外壳呈现一种金绿色,"扑克这么说,好像他吃贻贝吃了一辈子似的,"这些就是公的,因为肉是奶油色的。"

他还品尝了3种新西兰葡萄酒,分别是金字塔山谷区(Pyramid Valley)的白皮诺、马布洛区(Marlborough)的白苏维翁和豪克斯湾(Hawkes Bay)的灰皮诺。因为对"黑暗恐鸟啤酒"这个名字很好奇,扑克也叫了一瓶啤酒,他觉得滋味绝美。

伊丽莎白看着他说:"你知道毛利人怎么称呼像你这样的白人吗? Rangatira pakeha, 欧洲士绅。"

"我喜欢。"

"只不过pakeha这个字也用来形容跳蚤或白萝卜。"

马丁笑了。他跟大家说接下来几天的行程:"明天我们会在罗吐鲁阿。要去首都惠灵顿,得经过至少三座大火山。我们走的路线正好是大陆板块碰撞的地方。"

薇姬妮亚很担心。

"我查过资料,最近这几年没发生过大地震,但是绝对不能掉以轻心。惠灵顿那一带绝大部分的地表都是从海底升上来的,后来发生过一次严重地震,升上来的那一大块区域就是今天的市中心。"

北岛西岸塔斯马尼亚(Tasmania)沿海的葡萄园。

8. 追寻活火山

洞穴里会发光的毛毛虫

沸腾滚烫的地区

造访毛利村

告别惠灵顿

汽车高速往南奔驰，目的地是首都惠灵顿。马丁的想法是要去参观新西兰最大的国家公园之一：东加里诺（Tongariro），他希望能就近观察因大陆板块碰撞摩擦而生成的几座大火山。车里很拥挤，我们被迫将行李放在车顶上，不过第一站很近，在高速公路上开两个小时车就可以抵达怀托摩（Waitomo）洞穴。"那是大自然奇景，"马丁说，"亲爱的达尔文，很值得一看哦！"

左页：东加里诺火山。

"你们知道电影《沙丘魔堡》（Dune）吗？"身为科幻迷的詹问大家，"电影里有一段剧情发生的场景是在一个洞穴里，里面有奇怪的荧光毛毛虫可以照明，看起来像是虚构的场景，其实在怀托摩这些毛毛虫可是货真价实、如假包换的。"

卢阿古里溶洞（Ruakuri Cave）标志及早年的怀托摩洞穴入场券。

前往新普利茅斯（New Plymouth）途中摘取的针叶植物。

"这一带的确有种奇幻的魅力，"薇姬妮亚补充说，"我们即将要经过的地区，就是电影《魔戒》的外景拍摄场地。"新西兰将北部和南部广大区域指定为国家公园，让几处奇特的风景地区得以保存。那些地方简直就是为侏儒、巨人和小精灵量身打造的。

发光的毛毛虫

我们眼前这个洞穴与地球上的其他洞穴并无二致。岩层有裂缝和凹洞，水不断滴落、渗出，让沉淀物沉淀，也形成石柱、凹槽和奇形怪状的石雕。走在怀托摩洞穴中，得绕着钟乳石、石笋走，在长条管状石、石阶、石洞和小水坑之间前进，这并不让人感到意外。让人啧啧称奇的是，看到住在这个洞穴里的那些奇怪小生命。走完几个窟穴后，大家登上一艘由钢索系统控制的小船，在黑暗中悄然前进。突然间，我们看到穴顶垂吊着上千条细丝，那

塔拉纳奇（Taranaki）国家公园的艾格蒙特山（Mount Egmont）。

是光菌蝇（Arachnocampa）幼虫为了捕食所设下的陷阱。

其他昆虫会被这些细丝黏住，然后就被光菌蝇幼虫吃下肚。

之后我们进入一个更大的窟穴，那里的穴顶完全被发亮的幼虫所盘踞。

这里的幼虫有上万条，密密麻麻的，让穴顶有一种星罗棋布的不真实感。

"其实，"伊丽莎白说，"这种昆虫类似蝶，结蛹时间不长，破蛹而出后就会飞到洞穴外，在阳光下生活，交配后回到洞穴内产卵。幼虫会发出荧光，会吐出有黏性的细丝从穴顶垂吊下来。它们的学名叫光菌蝇（Arachnocampa luminosa），跟苍蝇一样，是双翅目昆虫，不过是世界上的特有物种，是在这儿被森林围绕的洞穴里演化生成的，别的地方都没有。"

圣泉地热公园
的其他影像。

间歇泉先生与女士

　　"不可能，没有任何地质现象会每天定时出现。间歇泉更不
可能。这是骗人的。"伊丽莎白高声表达她的不满。

　　老实说，我也半信半疑，或应该说我根本不信。我们来到圣
泉地热公园，昨天晚上在罗吐鲁阿过夜，我已渐渐习惯了硫黄的
味道，以及这一带不时喷出的蒸气。我们已经看过沸腾的水坑，
还有五颜六色的冒着烟的山谷。

若可丝间歇
泉每日喷发
前的"准备工
作"。

不过若可丝间歇泉（Geyser Lady Knox）每天只喷发一次，而且还是准时在早上10：30的时候喷发，就像演员会在预定的时间上台表演一样。这点让我们很难接受。总之，好奇的我们还是和其他的参观者一样，乖乖按照指示进入观众席，准备观赏间歇泉"出场表演"。

接近10：30的时候，有一个年轻人带着扩音器现身，半开玩笑地解释个中秘密：预定的时间一到，他会助"若可丝女士"一臂之力。果然他从背包中拿出一袋一公斤的小苏打，倒入间歇泉中，过了一会儿，"若可丝女士"开始喷发滚烫的水和泡沫，最后形成高4到5米的水柱。

*毛利村的迎宾
仪式。*

观众纷纷鼓掌，伊丽莎白也笑着鼓掌，她显然对理清事实真相感到十分满意。

伪装的冷酷

我对毛利人的记忆还蛮可怕的。我记得在怀马蒂有一个酋长以通奸罪吊死了自己的妻子和一个奴隶，他说他宁愿把另外四个妾的脑袋都砍下来，省得再有人给他找麻烦。所以马丁说要带我去参观毛利村的时候我很好奇。不过事情一开始就不太顺利，来旅馆接我们的司机态度很恶劣又没礼貌，仿佛是在预告我们即将要回到并不令人愉快的过去。我们必须保持安静、听令行事，负责接待来宾的是一群赤裸着上半身的战士，不断以鬼脸和粗暴的手势恫吓大家。

然后他们很"好心"地请我们入村。

这时候我们才搞清楚所谓毛利村是怎么回事。这里重建了毛利人的住房、仓库和祭坛，展示他们的工艺活动、饮食，还有歌舞表演。歌舞并非都像哈卡舞那么张牙舞爪，也有像塔希提那般柔和甜美的。"这些毛利人应该是人类学系的学生乔装的，"伊

丽莎白怀疑，"停在毛利村后面那些红色的多用途汽车就是他们的。"

回程的路上就连恶劣的司机都摘下了恶劣的面具，邀请车上所有乘客与他一起合唱世界名曲，包括意大利名曲《我的太阳》和一首德国民谣《Trink, Trink, Brüderlein Trink》，向意大利和德国游客致意。

结果大家度过了愉快的一晚。

2月5日

早晨6:05，我们的飞机从惠灵顿机场起飞，4小时后会抵达悉尼。这一回也得调整时间，要往后调两个钟头。飞机冲破笼罩在库克海峡上空的浓密云层。之前总说这一带海域因为南极洋流经过，所以风势惊人，但这趟飞行十分平稳，我的心情也很平静。这块土地对我诉说的是关于地球的故事。我们途中经过了三座我没听过的大型火山：鲁阿佩胡火山（Ruapehu）、东加里诺火山（Tongariro）和瑙鲁赫伊火山（Ngauruhoe）。我本来想去参观，可惜气候不佳未能成行，我觉得有点遗憾。

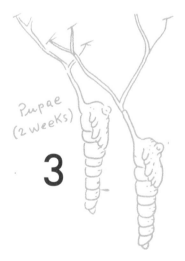

Eggs (3 weeks)

1

Larvae (6-9 month

2

本页底图为怀托摩洞穴光菌蝇幼虫的生命周期图示。

1.光菌蝇卵（3周）
2.光菌蝇幼虫（6~9个月）
3.蝇蛹（两周）
4.（上）成虫（3天）；（下）光菌蝇

　　1835年12月30日我离开新西兰的时候，心情跟今日大不相同。我们大家那时候都很高兴可以离开这里，只有怀马蒂和那里的传教士给我留下好印象。但这一次我很乐意待久一点，去参观新西兰南岛的冰川，到恐鸟这个世界上最大鸟类生活的海岸边看看。总之，今日的新西兰和当地居民给我留下了不错的印象——充满活力，有行动力，想要成长，同时我也看到了他们在捍卫大自然和风景上的不遗余力。

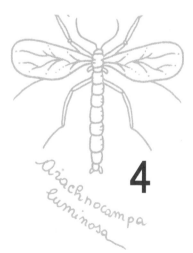

Pupae (2 weeks)

3

Arachnocampa luminosa

4

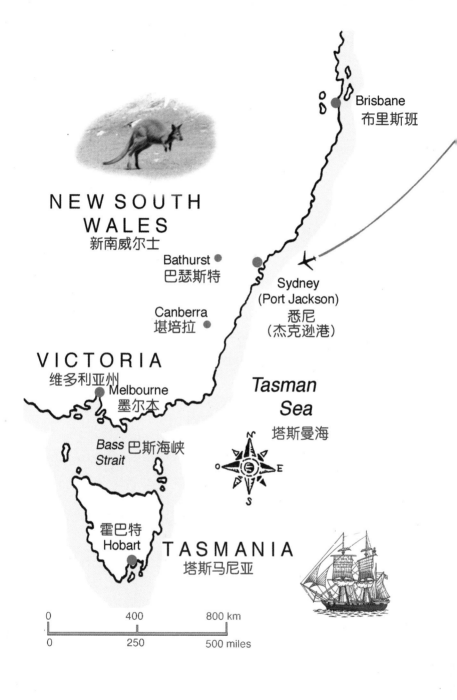

NEW SOUTH
WALES
新南威尔士

Bathurst
巴瑟斯特

Sydney
(Port Jackson)
悉尼
(杰克逊港)

Canberra
堪培拉

Brisbane
布里斯班

VICTORIA
维多利亚州

Melbourne
墨尔本

Tasman
Sea
塔斯曼海

Bass 巴斯海峡
Strait

霍巴特
Hobart

TASMANIA
塔斯马尼亚

0	400	800 km
0	250	500 miles

9. 来到澳大利亚

杰克逊港的昨日与今日
生命中的美好
吹迪吉里杜管的乐手
原住民文明

辉煌的秘密

"这就是杰克逊港（Port Jackson），"马丁要我看着飞机窗外，"你认得出来吗？"

我们即将降落在马斯觉机场，距离悉尼十多公里。我们掠过港湾、城市和建筑沉浸在绿色之中的辽阔土地上空。我1836年1月12日抵达悉尼的时候，第一眼印象并不好。站在小猎犬号上，放眼所见是垂直插入海中的黄色峭壁，荒芜景象

19世纪初的杰克逊港及今日面貌。2008年2月拍摄。

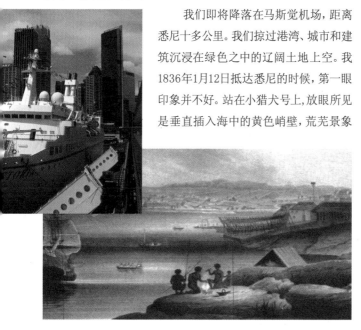

十分类似阿根廷巴塔哥尼亚的海岸。等进入港湾后，我才看到风车、石屋和可爱的小屋。在杰克逊港口我们看到了很多停泊的大船，以及许多仓库的繁忙景象。等我们下船后，才发现那是一个十分干净、有秩序的城市，有高大的建筑物、笔直的街道和货品齐全的商店。我很佩服，也以身为英国人而沾沾自喜，认为眼前所见是英国国力雄厚的绝佳见证。

但接下来几天我才发现，我的所见所闻其实大多是可怕的不公和世间罕见的牢狱制度下的结果。

囚犯城

我们的饭店Grace位于市区的克拉伦斯街和国王街交叉口，徒步走几分钟就可以到港口、皇家植物园、政府所在地和马丁感兴趣的博物馆。悉尼是个生气勃勃、多种族融合的城市。这里摩天大楼与19世纪建筑并存，扑克觉得这里是伦敦、纽约和波士顿的混合体。悉尼也会让人立刻感觉到是走在国际城市的街头，在这里你会看到很多东方面孔，包括中国人、日本人、韩国人和马来

从悉尼歌剧院的大台阶上眺望悉尼。

西亚人。与很多西方国家大都会不同的是，这里虽然每个人都很忙碌，但并不会露出焦躁神情。

"努力工作，认真放假。这里运动风气盛行，大家都喜欢待在户外，尤其是城北和城南的沙滩上。总而言之，我们热爱生命的美好。"马丁的一个朋友在晚餐时这么跟我们说。

悉尼，在两个世纪前只有数千居民，而今则有400多万人口。今天的悉尼高楼大厦林立，我很难找到当年走过的道路，但是不乏惊喜。在1836年曾暂时权充总督官邸的大楼今天是悉尼音乐学院所在地，虽已重新修复整建，但却无法掩饰其原本作为监狱用途的建筑风格。当时仍在建造中的总督官邸十分优雅，是典型的英国新哥特风格，于多年后才完工。那是由一位犯人建筑师弗朗西斯·葛林伟（Francis Greenway）设计的，他也是许许多多被流放到澳大利亚的囚犯之一，在为悉尼设计了至少40栋美丽大楼后过世，死时虽然孑然一身，但已恢复了自由。

19世纪上半叶的新总督官邸，F.C. Terry绘。

小猎犬号之旅所看到的总督官邸，现为悉尼音乐学院。

戴着手铐脚镣的工人

没错。新南威尔士州，不对，整个澳大利亚在1836年的时候是一个偌大的流刑地。这个新大陆每天都有上百个一般罪犯、政治犯、叛变者或逃兵戴着手铐脚镣下船来到港口。他们划着后来不再使用的桨帆船抵达澳大利亚前吃了不少苦头，抵达后在劳动的时候享有自由，但一旁始终有武装哨兵盯着，一有人造反格

哥特式的新总督官邸，1996年之前是历届总督的居所。

杀勿论。

多亏了这些囚犯的劳动和这个引人非议的牢狱制度，澳大利亚很早就有了铺面马路、设备先进的港口和高生产力的农场。很多囚犯借由勤奋工作获得了自由与尊严，同时也建设了我们今天所看到的澳大利亚。

失去土地和自由的是原住民，在长达4万年的时间里，他们是这块土地上的唯一居民。

2月6日，10:00

马丁陪我去走writers walk，也就是"作家之道"，这条路从船站始至悉尼歌剧院终。悉尼歌剧院是悉尼最有名的现代建筑，薇姬妮亚本来想去看其中一天的表演，却不得其门而入，所有票早在几个月前就预售完毕了。她只能买一个歌剧院的木头小模型过过瘾。

"作家之道"是在红砖道上嵌入一排铜牌，上面刻着曾经

1853年的悉尼国王街，F. C. Terry绘。

悉尼市中心，距
离悉尼塔及国王
街不远处。2008
年2月拍摄。

"作家之道"上刻有达尔文姓名的铜牌。杰克逊港，2008年2月拍摄。

记录过悉尼的伟大作家姓名，例如杰克·伦敦、马克·吐温，还有一个令人愉悦的惊喜——其中一个铜牌上有我的名字，扑克连忙拍照留念。不远处有一个原住民年轻人在进行街头表演，他在脸上、手臂上和腿上都画了白色条纹或圆点图案，吹的乐器是迪吉里杜管（didgeridoo），跟他搭档的是一个演奏电子乐器的红头发白人。再往前一点，类似画面再度出现，这回是一个原住民老者与一个白人女性搭档表演。游客纷纷停下脚步拍照，有人往他们面前的碗里丢铜板。那两个年轻人看来很自得其乐，白人女性也是。不过伊丽莎白看了十分不以为然，认为这样的画面让人觉得伤感。

"这不公平。"我听到她喃喃自语道。

游牧民族

我不记得当年搭小猎犬号在悉尼下船的时候看到过原住民，或许那时候他们已经被驱离了。后来是在去巴瑟斯特（Bathurst）的路上，靠近蓝山（Blue Mountains）山脚下的地方才遇到了一大群原住民。他们的穿着因陋就简，会说几句英文，身上带着长矛、回力棒和其他武器。我以微薄酬劳换得他们向我展现身手。他们用吹矢枪可以击中30米远的帽子，我觉得他们比火地岛上的原住民更聪明，也更进化了。

他们丝毫没有定居下来，靠种田或畜牧为生的打算。

看起来他们是漫无目的地在拔地而起的农庄和城市间流浪。

"都没有人认真想过他们其实有很完整的文化，只是跟我们的很不相

在"作家之道"进行街头表演的迪吉里杜管乐手，杰克逊港。2008年2月拍摄。

同。"伊丽莎白打断了我的思绪，大声说出她的不认同。"他们不是流浪汉。相较于今天的游客，他们清楚地知道自己要去哪里。他们走的是有数万年历史的古道，那些古道会接到水源地、狩猎地、祭祀地和集合地。

那是高度发展的游牧文化，有他们自己的书写文字和专属的神话。不能把他们当做流浪汉看待。"

政府制作的海报，倡导要与原住民"和谐共处"。

10. 蓝山

骑马走过的路
原住民的信贷
消失的海洋
边境城市的记忆

2月7日

我们租了一辆越野车，直奔蓝山。澳大利亚跟新西兰一样，汽车都是靠左行驶，马丁开得很不顺手。其实也可以搭乘舒适的火车去蓝山，但我们希望能够很悠闲地参观蓝山国家公园后，再去悉尼西方206公里处的巴瑟斯特。我当年骑马走这段路，途中经过帕拉玛塔（Parramatta）和埃穆（Emu），而今开车不到一个小时就走完了。被我们抛在身后的是悉尼、悉尼辽阔的郊区、牧草地、麦田和偶尔出现的不同品种的蓝桉树林。

我那次没再看到其他原住民，由英国家庭抚养的几个原住民小孩除外。那时候我就意识到这个民族的人口在急剧下降，而白人则越来越多。小猎犬号之行时我并不明白其中的原因，那时候我还不知道有微生物会导致传染病蔓延，更不知道免疫系统可以

左页：山袋鼠，是澳大利亚50多种袋鼠的其中之一。

下图：邮票图案说明了澳大利亚冬季可从事的运动种类。

108

《每日电讯报》（Daily Telegraph）头版的"道歉日"专题报导及倡导"族群融合"的海报。

保护一个民族的生存。但我心里很笃定原住民之所以销声匿迹，是因为被我们视为平常的麻疹、水痘、百日咳这些疾病。

　　不过有人坚称原住民小孩死亡肇因于游牧生活，因此基于人道考虑，传教士开始从原住民母亲怀里带走新生儿。"这种一点都不人道的行为，一直持续到不久前。"伊丽莎白说。

杰克逊港往返于不同海湾间的接驳交通船。

道歉日

　　白人刚踏上澳大利亚土地的时候，原住民有50多万人。到了20世纪初，他们只剩下4万人。如今人口回复到30万，这个数字包含混血儿，也就是原住民女性跟欧洲人生下的子女。他们集中居住在某些国家公园或城市郊区，主要集中在北部，大部分都是文盲。这里90%的囚犯是有色人种，但也有大学教授、国会议员和艺术家。

　　"虽然没有真正的种族歧视政策，但是澳大利亚原住民要到1967年才拥有投票权及公民权。"

　　马丁不管到什么地方都要看当地的报纸和电视新闻，他补充说："就在这几天，英国执政党工党政府决定要正式向原住民道歉，除了为这件事，也为白人到澳大利亚后所做的一切道歉。"等新的国会开议之后就会正式提出。其实从1998年起，澳大利亚政府就设立了国际道歉日：Sorry Day。

　　"道歉不够。"伊丽莎白喃喃自语。

"说实在的，对原住民的补助也是杯水车薪，那只是为了弥补白人的罪恶感。"马丁说，"因为他们当年鼓励原住民酗酒，听任他们沉沦。"

"不过现在有几个国家公园是交由原住民管理的，"詹说，"我们过几天要去的乌鲁鲁—卡塔丘塔国家公园（Uluru Kata Tjuta）也还给了原本居住在那里的原住民。"

"我有一个更好的提议。"始终保持沉默的薇姬妮亚说，"赋予原住民可以任意进出澳大利亚所有场所的权利，包括农田、公园、住家、旅馆或办公室，而这些地方的现任主人必须免费提供他们至少三天的食物和住宿，之后跟他们道别，目送他们走上歌之版图的另一个地方。"

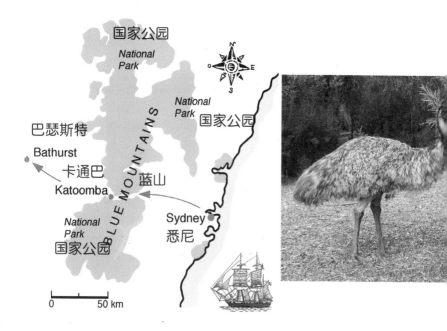

"说的也是，我可以想象原住民走进像这样有游泳池的房子，"扑克指着山上的一栋美丽小屋，"走进去之后，开始用厨房，从冰箱里东拿一点西拿一点，睡在客厅里，诉说他们的梦想，然后跟那家人挥手告别。"

"嗯，"薇姬妮亚总结说，"这恐怕是让原住民被剥夺的一切稍微得到弥补的唯一办法。"

蓝桉树海

我们来到蓝山。这个名字是来自于漂浮在蓝桉树林上方的、树叶释放的气体颜色。蓝山并不是高耸的群山，而是缓升至海拔1000米高的平原地形，在边缘处平原戛然而止，以陡峻峭壁的形式笔直切入翠绿色的大海。

鹟鹕、鹦鹉和爬虫是原生物种，至于丁格犬（dingo）物种与狗相似，是约3000年前引进澳大利亚的胎生哺乳动物。

如今这一地区全都划入了国家公园。

发源于此的河流，有的奔流入太平洋，有的朝西往沙漠去。往沙漠去的这几条河流原本就水流涓涓，而且越流越干涸，最后消失在滚滚红沙中。

嶙峋山脊的其中一个制高点是在布莱克海斯镇（Blackheath），我记得之前曾在这里夜宿一家小旅馆，今天则有十多家。

眼前的景色让我陷入沉思。之所以会有这些不可思议的翠绿海洋和森林覆盖的海湾，对我而言唯一的解释就是蓝山是由缓升的地表，加上之前淹没山谷的海水的侵蚀作用而形成的。

沙漠的风

澳大利亚大多数城市的活动都在傍晚五点结束：商店、办公室、博物馆皆然。某些原本热闹非凡的区域，瞬间变成荒漠。年轻人跟不再年轻的人全都跑去酒吧、健身房或其他聚会场所。

我们在傍晚五点后抵达巴瑟斯特市中心广场，那里看来仿佛是座空城，完全没有停车问题。

1836年我到巴瑟斯特之前不久，在这个广场上爆发了两批原住民之间的冲突，落败者在居民们错愕的眼神中于房舍间仓皇逃窜。

今天巴瑟斯特有37000人。之前人们以为这个地方的未来只能仰赖美丽诺绵羊（merinos）养殖和羊毛制品，没想到在邻近山区发现了金矿，巴瑟斯特遂摇身一变成了富裕的采矿城市。早

期的一切几乎都已不复存在，我只认出了当年才刚兴建完成的教堂、圣三一堂。我们下了车，发现室外温度是摄氏40度，车内空调让我们安然走过了数十公里炽热的山路。

　　干燥的热风来自沙丘后方的沙漠。那广袤的沙漠对我来说很神秘，当年离开巴瑟斯特的时候我很想穿越沙漠，但直到离开澳大利亚前都没能去到大陆中央的那片红沙漠。不过这一回，马丁承诺会让我得偿所愿。

11. 我的第一只袋鼠

澳大利亚美食
冈瓦那古陆的幸存者
灵活快乐的鸭嘴兽
另一个世界的动物

2月8日

我们在猎人谷 (Hunter Valley) 的饭店过了一夜，回程路上寻找我第一次造访此地曾经招待过我的一间农庄。当年这里只有羊群，在田里工作的都是被流放的因犯。而今这里居然有可以酿造出顶级夏多内白葡萄酒 (Chardonnay) 的葡萄园。我们现在经过的地方在欧洲人进驻之前，到处都是袋鼠和一种澳大利亚鸵鸟：鸸鹋 (emu)，它们早在1836年的时候就已经被驱离了。接待我的农庄总管阿谢尔先生说要带我去猎袋鼠，但收获不丰，我们骑马骑了好几个钟头，最后只捕到一只赤褐袋鼠，而且它还是被猎犬追到一个树洞里困住的。这只赤褐袋鼠跟兔子一样大，但外型与袋鼠无异。

我不记得后来它是否变成了我们的盘中餐……

夜间谋杀

"怎么能吃袋鼠肉呢？那简直是谋杀。"伊丽莎白觉得很恐怖。

"可以吃，可以吃，从腰间的肉到尾巴都可以吃。"扑克代替我回答，这根本是火上浇油，"而且很养生，因为袋鼠肉不含胆固醇。"

左页：考拉是行动缓慢的可爱哺乳有袋类动物。澳大利亚的其他哺乳动物也都很有特色。

上图：中等体型的袋鼠。最大的袋鼠与人同高。澳大利亚目前有1500万至2500万只袋鼠。

鸭嘴兽,可以说是爬虫类与哺乳类的结合。在巴塔哥尼亚及南极洲,人们都曾寻获类似鸭嘴兽的动物残骸。

鸭嘴兽
Pleaty pus

薇姬妮亚和詹困惑地看着他,对他们而言,不管是红袋鼠或灰袋鼠,山袋鼠或沼泽袋鼠,怎么想也不会想到要吃下肚。

马丁这时候提供了一些数据给大家。

"澳大利亚的袋鼠一共有50多种,有的跟人一样高,有的生活在树上,总共2000多万只,每年平均有1/4会被杀害。"

"畜牧业者认为袋鼠有害,因为它们会吃牧草。通常人们会先用车灯吸引袋鼠的注意力,接着再枪杀。猎人可以贩卖袋鼠肉与皮革,大部分袋鼠肉都被加工制成猫、狗食品,皮革则用来做皮

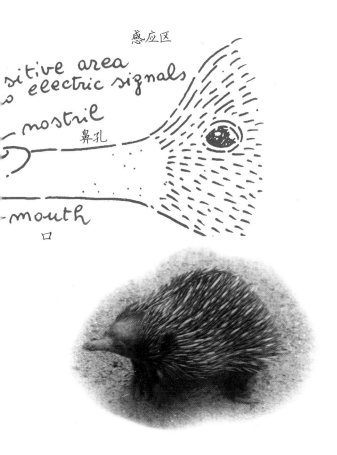

感应区

sitive area
electric signals

nostril
鼻孔

mouth
口

针鼹，跟鸭嘴兽一样是卵生哺乳动物。针鼹的原始物种比今天所见的体型大很多。

包、手套和皮带。"

　　伊丽莎白皱眉盯着马丁。马丁接着说："不是所有物种都面临灭绝危机，有30%的澳大利亚物种在欧洲人登陆之后消失，那些都是很特别的物种，只有澳大利亚才有。"

　　"如今这里有550座国家公园，将近4000个保护区，不过其他大陆的动植物始终蠢蠢欲动, 企图侵入这些受到层层保护的栖息地。"

哺乳爬虫类

我记得当年看到澳大利亚丰富的动物物种时颇感吃惊, 更让我惊讶的是它们这块土地上的演化进程。只有澳大利亚才有有袋类动物, 如袋鼠、考拉 (koala)、袋熊 (wombat) 和袋鼬科动物 (dasyuridae), 像俗称塔斯马尼亚恶魔 (Tasmanian devil) 的袋獾。只有在这里, 你才会遇到那些看似属于远古时代的动物, 如鸭嘴兽 (platypus) 和针鼹 (Echidna), 它们和爬虫类一样会产卵, 和哺乳类一样会分泌乳汁喂养幼兽。

最吸引我注意的是鸭嘴兽。我运气很好, 当年在这一带看过几只, 它们跳进河里, 在水中嬉戏, 游水速度极快, 玩得不亦乐乎。我之前从没看过鸭嘴兽在它生活的自然环境中活动, 真是一大发现。图绘或标本都无法呈现出鸭嘴兽的活泼和优美: 它们的嘴巴很像鸭嘴, 四肢有蹼, 拥有河狸般的扁平尾巴, 让人以为它行动迟缓, 没想到恰恰相反。

今日再看, 鸭嘴兽很像是爬虫类和哺乳类的结合, 不知经过了多少时间和地质变动的考验, 依然存活下来。那时候我没跟任何人提起过鸭嘴兽, 包括菲茨罗伊船长在内。

幸存者

澳大利亚是块古老的大陆, 相较于其他陆块, 基本没有受到让漂浮在地底岩浆上的大陆板块远移或碰撞的巨大地质运动的影响。澳大利亚大陆是一块巨大的平台, 或应该说它是由300万年前的岩石组成的一个"台地", 在地球上最初的生命形式出现之际凝固成形。这里山脉稀少, 多集中在悉尼、墨尔本之间的东南

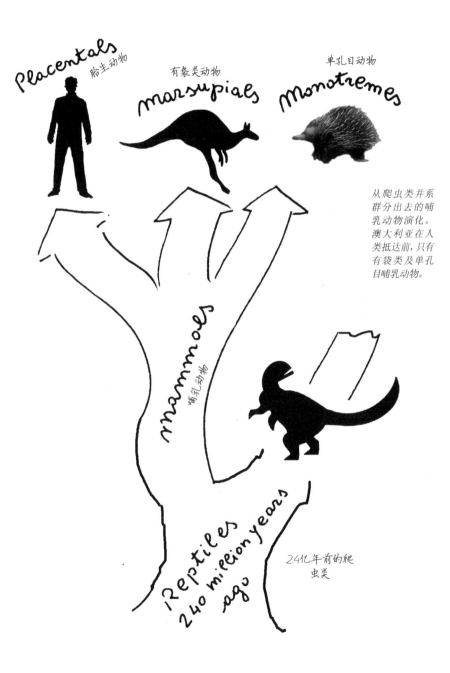

从爬虫类并系群分出去的哺乳动物演化。澳大利亚在人类抵达前，只有有袋类及单孔目哺乳动物。

2.4亿年前的爬虫类

120

19世纪制作及烹煮袋鼠肉香肠所使用的工具和食谱。

部，高度为2000多米。蓝山也属于这名为大分水岭（Great Dividing Range）的山脉。这个大台地十分平坦，中央沙漠地带还略有凹陷。这里的岩石种类和南非、阿拉伯半岛、印度德干高原（Deccan）的相同，记录了这些地区原本属于同一个原始大陆，也就是冈瓦那古陆，这个古陆则是从盘古大陆分裂而来的。

"所以在澳大利亚也找到了巨型恐龙残骸，"伊丽莎白对我说，"在6500万年前，也就是白垩纪末期，这些恐龙也在这里销声匿迹了。"

"如果真有宇宙洪荒，"扑克嘟嚷着说，"大浪冲击澳大利亚大陆的时候肯定没有遇到任何阻碍。"

"讨厌鬼！"伊丽莎白吼他。

老实说，菲茨罗伊应该会很喜欢这个想法。

"总而言之，"伊丽莎白做了结论，"这里的单孔目哺乳动物和有袋动物存活了下来，不过没有任何胎生哺乳动物经历过演化。如果地球只有澳大利亚的话，就不会出现人类了。"

不可思议的针鼹

澳大利亚大陆的平均高度仅有海拔4米，是所有大陆之中最矮的板块。

有长达数百万年的时间，海洋占据了今天中央沙漠绝大部分的面积。直到现在，在地下3000米处还有神秘的富水断层带，一如消失的海洋那样辽阔无边。

澳大利亚的地质史和当地的生物, 仿佛是地球史的番外篇。5500万年前, 澳大利亚大陆和南极大陆、南非大陆还是连在一起的, 之后其他大陆板块分裂漂移, 澳大利亚大陆被孤立在逐渐扩张的海洋中, 留在这个巨大 "船筏" 上的物种不是保留了原始特征, 就是以很特别的方式完成演化。

其中一个例子就是害羞娇小的针鼹, 跟刺猬很像, 但口鼻细长像鸟, 会产卵, 会分泌乳汁喂养幼兽。它们是1.1亿年前生活在冈瓦那古陆上、外貌相同但体型较大的原针鼹属动物的后代。有袋类动物则在澳大利亚变成独立大岛的同时演化成型, 发展出多样的独特物种, 从大袋鼠、考拉到袋狼 (又称塔斯马尼亚虎), 全都是有袋类动物。

考拉的菜单, 基本上只有蓝桉叶、蓝桉果、蓝桉叶嫩芽和蓝桉树皮。

白化症袋鼠, 并非正式物种, 只是基于其特殊性而被视为保护动物。帕拉玛塔, 2008年2月拍摄。

12. 以达尔文命名的城市

鳄鱼横行的区域

来自过去的小屋

旧石器时代的神秘手印

幼龄环游世界旅行家

2月9日, 19:00

　　我们又回到"作家之道",在悉尼歌剧院广场上的一间咖啡馆里,薇姬妮亚问接下来是否会去达尔文市,那是以我的名字命名、位于北部海滨的城市。达尔文市距离悉尼将近3600公里,十分遥远。

　　"那不在行程规划内,"马丁解释说,"以免让我们的达尔文先生觉得尴尬。"

　　老实说在澳大利亚有这么一个重要城市以我的名字命名,我还蛮惊讶的。这都是斯托克(John Lort Stokes, 1812~1885)的

左页:澳大利亚某个洞穴岩壁上的手印。

澳大利亚北方河口湾里的鳄鱼,身长可超过7米。

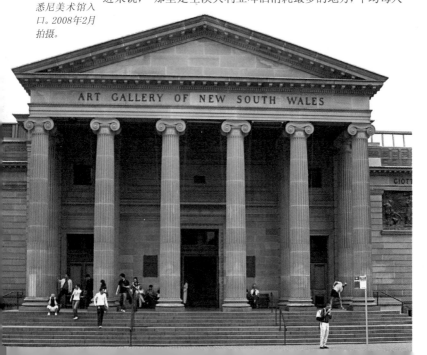

错，或应该说是他的功劳。斯托克是我上一次小猎犬号之旅的海军军官，是小猎犬号第二次出航的船长。他指挥我们那艘双桅帆船再度环游世界，1839年停靠在澳大利亚北边一个无人居住的海湾，那里周围环绕着热带森林，鳄鱼横行，斯托克将此地命名为达尔文港。我倍感荣幸。30年后，海湾一带建立了一座城市，名为帕默斯顿（Palmerston），1911年市民决定将其更名为达尔文市。

"达尔文并不想跟墨尔本、悉尼的摩天大厦比赛，"马丁说，"所以它的房子都很矮，市中心几步路就走完了。"

"1974年达尔文市差点毁于台风，"伊丽莎白看过导游书上的介绍，"直到现在为止，那里仍然是危险区域。"

"不过达尔文市在一件很特别的事情上拔得头筹，"扑克加进来说，"那里是全澳大利亚啤酒消耗最多的地方，平均每人一

悉尼美术馆入口。2008年2月拍摄。

ART GALLERY OF NEW SOUTH WALES

年喝掉230升啤酒，而且这个数字还是把襁褓中的婴儿和不喝酒的人都算进去的结果，很猛吧？"他说完还特地向我举杯。

艺术家观点

我在美术馆一个大厅看到了我的老朋友绘图师马坦斯画的风景画。小猎犬号来到澳大利亚的时候，他决定留下来定居，直到1878年过世。他在澳大利亚所获得的尊重及评价，在英国恐怕永远得不到。腓德列克看着那幅画，很不以为然。

"他并不是什么了不起的画家。"他说。

"菲茨罗伊很喜欢他。"我高声为马坦斯辩护。

"难怪我不喜欢。"

马丁让我看一位当代德国艺术家的作品，艺术家名叫安森·基弗（Anselm Kiefer）。那作品看起来很像是建筑物或水泥桥坍塌或拆解后的巨大残垣，大概有一吨重吧。我想不出它是

食火鸡（Casuarius），头上有骨盔的大型鸟类，很像史前动物。生活在澳大利亚东北方及新几内亚。

悉尼的卡德曼别墅。2008年2月拍摄。

新南威尔士的古老标志，1855年。

怎么被挂在墙壁上的。

我看得很仔细，从不同角度看。如果这件作品的创作者想要传递一种不安的氛围，我不得不承认他做到了。你们这个年代的艺术方向还蛮奇怪的。

比普普艺术早很多

在澳大利亚博物馆里，我的同伴指给我看人类史上一个诡异的对照案例。那是数千年前某个独特艺术形式的复制品：澳大利亚洞穴壁上的一系列手印。这种手印是将手贴在穴壁上，再吹上色粉形成的。最让人惊叹的不是这些手印经过数千年后仍然存在，而是同样的手印还出现在南美洲安第斯山脉，我们在巴塔哥尼亚高原也看过。这些手印也出现在地中海一带的山洞里。

"看来全球化这件事情早就有了。"伊丽莎白提出质疑的时候，扑克开了个玩笑。

"嗯，这件事很难解释清楚，"马丁试着理出个头绪，"如果说这些手印全都出自于同一个人类文明，那说明人类史开始的时间比我们以为的更早。也就是说地球上曾经有一个了不起的民族，能够不畏海洋阻隔和遥远距离，散布在全球各地，就连在今天这都令人很难以想象。"

过往记忆

马丁带我去看悉尼港口附近最古老的一栋建筑物，看我是否还认得出来。那地方离歌剧院不远，几分钟就走到了，不过是在港湾的另一边，那里已经不复我当年所见的杰克逊港的模样。如今老屋旁有当代美术馆和游客中心，跻身在摩天大楼和其他豪华建筑物之间的老屋，因其朴实外貌显得很突出。慢慢地，我在脑海中勾勒出它170年前的历史背景。这栋屋子叫卡德曼别墅，名字来自于屋主约翰·卡德曼（John Cadmans），他跟妻子于1827年至1846年间住在这里，我应该是从小猎犬号下船登陆的时候认识他。原本屋前就是沙滩，如今老屋跟大海则相距一百多米。以前沙滩上有几艘接驳小船，以便载送人员往返于停泊大船和陆地间。这间别墅原是一栋较大的公家建筑的附属空间，有院子，让刚下船的囚犯在此重新整队分发。

"所以这是他们看到的第一样东西。"扑克摸着斑驳的老墙说。

底图：小猎犬号之旅时期的卡德曼别墅。

小娃娃环游世界

达利欧·萧沃（Dario Schworer）和莎宾娜（Sabine Schworer）来接我们去参观他们的帆船。腓德列克是扶轮社社员，他应邀去悉尼扶轮社介绍我们的环游世界计划，我们因此与达利欧认识。达利欧是瑞士人，正在进行一趟很特别的环游世界之旅，也可以称之为极限之旅。他用来完成环游世界计划的船是环保船，途中

他会去爬几座山，还要骑自行车登上澳大利亚中心点的巨岩乌鲁鲁（Uluru）——果然很符合极限精神。达利欧的目的是要记录不同的环境数据，以提醒各国政府和学校注意气候变迁。这个计划的预算很少，有几个赞助商，但最重要的是他妻子莎宾娜的协助配合。他预计再过三四年完成计划，同时已经着手写书记录旅行中的冒险过程。

马丁和伊丽莎白很喜欢达利欧，扑克和腓德列克则觉得他做了生命中十分勇敢的选择，而且达利欧跟莎宾娜还带着两个幼龄子女同行，其中莎莉娜四岁，安德鲁才一岁。他们的船是一艘长15米的单桅帆船，船上安装了特别装置以免小孩落海，现在停靠在将悉尼市分为南北两部分的帕拉玛塔河湾处。全船都围上了铁网，海相不佳的时候，小朋友会被父母用安全带固定在他们专属的位置上。

底图：19世纪的原住民样貌。

达利欧对我们说，这艘帆船成功度过了许多危险时刻，尤其是在南美洲和火地岛海域一带。电子设备和引擎靠着太阳能电池所产生的电力运作无碍。有一个小的汽油引擎只有在港口内操作的时候才启用。

我们在达利欧的船上用餐，两个小孩跌跌撞撞地到处走。莎宾娜煮了十分美味的鲔鱼面，大家聊着接下来的行程、台风和暴风雨，最后一起唱歌，说说笑笑，然后大家互道珍重，明天一早我们得再度踏上旅程。

达利欧和莎宾娜的船。杰克逊港，2008年拍摄。

Flinders
Island
费林德斯岛

Bass Strait
巴斯海峡

塔斯马尼亚
发现属于你的自然国度
Tasmania
Discover your natural state

大湖
Great Lake

Queenstown
皇后镇

罗斯镇
Ross

South-West
National-Park

西南
国家公园

Hobart
霍巴特

Port Arthur
阿瑟港

Bruny
Island
布鲁尼岛

T A S M A N I A
塔斯马尼亚

13. 塔斯马尼亚——恶魔岛

抵达霍巴特

登上惠灵顿峰

小小的千年文明

古老大陆的残垣

2月10日，9:30

　　我们现在在塔斯马尼亚首府霍巴特。对小猎犬号的船员而言，那是个恶魔岛，大家都不想下船登陆。以前岛上全都是越狱的逃犯或之前被流放的重刑犯，如今这里却摇身一变成了"你的自然国度"，同时是世界上受污染最少的度假胜地之一。从悉尼飞过来不到两个小时，我们在机场租了一辆越野多功能车，几分钟后已经来到旅馆前方的广场了。旅馆叫做亨利·詹姆斯艺术旅馆，是"设计界的极品"，马丁对这方面很在行，但这里当然跟我们当年住的皇家旅店十分不同。这家艺术旅馆原本是面向港口的

我们在塔斯马尼亚租车的车牌。

霍巴特港口。雕像是为了纪念早期南极洲探险家贝纳奇（Louis Bernacchi，1876～1942）而设的。

一间废弃仓库，当年从仓库窗口望出去可以看到以前的总督府，现在则隐身在许多新建筑之间。那些建筑对我来说很新，对霍巴特而言很旧，因为很多都是维修保存下来的19世纪末建筑。

我跟菲茨罗伊当年来的时候，这里还叫范迪门地（Van Diemen's Land），这是当年发现塔斯马尼亚的荷兰探险家埃布尔·塔斯曼（Abel Tasman, 1603～1659）为向时任荷属东印度总督致敬所取的名字，但他当时根本不知道自己发现的是个岛屿。后来才改为现在的名字：塔斯马尼亚。

基因与众不同的原住民

我们的房间要到中午12：00才可以入房，利用等待时间大家一起研究参观行程。马丁打开岛上地图，指给我们看森林和国家公园的位置。

"其实，"伊丽莎白说，"一万年前塔斯马尼亚是澳大利亚的

小猎犬号时期及今日的霍巴特港口风貌。

一个半岛，因为冰川溶解，海平面上升超过100米，才让3万年前从北方来此定居的民族从此与世界隔绝。这里的原住民发展出独树一帜的文明，直到欧洲人抵达前都很完整。"

"就人类史研究而言，他们的基因传承十分有趣。"马丁说。

"可惜没有原住民存活下来。当时的屠杀十分残忍、不人道，而且速度非常快。"

路标指出通往惠灵顿峰的方向，站在峰顶可以一览城市和岛屿美景。

我记得当时下船登上霍巴特的时候，没有遇到原住民，他们都被抓了，集中关在霍巴特南方的一个小岛上。马丁在地图上指出那桩人类罪行的位置。

"这个地方叫布鲁尼岛，现在是国家公园。"

猎杀

"我不懂怎么会有这种事情发生，"薇姬妮亚始终没办法接受近代史上这一点都不光彩的部分，原住民都不会反抗吗？"

"事实上他们曾经试图反抗，我可以凭记忆回答你。多年来他们借由小规模抗争、袭击孤立农庄来捍卫自己的领土。在我来澳大利亚前不久，1830年的时候，整个塔斯马尼亚岛颁布了戒严令，无论是自由的或居家监禁的白人，全部被动员起来追捕原住民。那真是不折不扣的一场猎杀，就跟在印度追捕老虎一样。在岛上还竖立了一条防线，将塔斯马尼亚一分为二，目的是为了把原住民逼到没有退路的地方，例如塔斯曼半岛（设有最大监狱的阿瑟港就在那里）。

不过这个计划失败了，原住民轻而易举就越过了防线，躲在森林里，但他们也明白入侵民族的决心不容动摇，于是他们试着协商，同意迁居到布鲁尼小岛，以交换衣服和粮食。"

"短短几年内，"马丁补充说，"所有原住民都在布鲁尼岛上死亡，因为染上了白人的传染病。"

惠灵顿峰。这就是达尔文于1836年2月登山时必须克服的森林及乱石。

"没有一次例外。"薇姬妮亚做了结论。

14:00

我们洗过澡，换了衣服，把行李留在旅馆里就出门去了。我记得霍巴特有许多仓库和一个小碉堡，碉堡几乎保持了完整原貌。阳光普照，但高1270米、俯瞰海湾的惠灵顿峰却被一朵白云遮蔽。马丁想在太阳下山前登顶，我有点怀疑，毕竟上一次我花了5个半小时的时间、费了九牛二虎之力才爬到山头。我当时还请了一位向导，因为我自己在山坡树林中无法分辨登山口的位置。

即便请了向导，我还是遭遇到不少困难。沿途植物生长得十分茂盛，地面全是腐烂的树干，就跟火地岛的山区一样。如今则有一条柏油路直达顶峰，虽然下着雨，大部分山路都笼罩在云雾中，但我们还是在半小时内踏上山顶。

我第一次攀登惠灵顿峰的时候，在峡谷中看到了硕大的蓝桉树和木本蕨类，现在的植物好像都比较袖珍，尤其是在山坡地一带。

这里的千年森林也都被破坏了，不是被砍伐来当做建材，就是被丢进蒸汽机里烧掉了，还有就是为了空出空地来，以作为生产塔斯马尼亚著名羊毛的美丽诺绵羊畜牧之用。

今天大部分的山区都是保护区，树木重新恢复生长。而且我

从惠灵顿峰眺望霍巴特。拍摄于2008年2月。

布鲁尼岛，当年
库克船长登陆
的地方。蓝桉树
及灯塔。

在某些地方还看到几株高耸的、
逃过当年浩劫的蓝桉树。

夏日雪

　　跟我记忆中一样，惠灵顿山
顶并没有树，是个宽广的平台。
除了巨大的玄武岩之外，这里还
矗立着广播电视信号发射器及一
个用玻璃、水泥搭建的观景棚，
让游客可以躲开风雪，安心俯瞰
眼前美景。

　　太阳躲在港口没跟上来，这里每个人都身处云间，吹在大家
脸庞上的寒风夹带着水珠和细雪。有雪还让人蛮吃惊的，毕竟这
一带现在是夏天。

　　过了一会儿，天空豁然开朗，我们看到了完整的群山美景：

塔斯马尼亚
虎，塔斯马尼
亚的有袋类动
物。

塔斯马尼亚原
住民肖像,法国
版画,1824年。

TERRE DE DIÉMEN.

平缓的山棱线上全被树林和牧草覆盖,绿意蔓延数公里。我们脚
下数千米处是介于德文特(Derwent)河口与塔斯马尼亚海之间
的霍巴特全貌。

　　"真神奇⋯⋯"伊丽莎白看着我们周围的玄武岩,喃喃
自语说,"这个岛屿曾经是连接澳大利亚大陆和南极大陆的桥
梁。"

次页:在高耸
蓝桉树林内摄
影、作画。斯蒂
克斯河谷(Styx
Valley),2008
年2月拍摄。

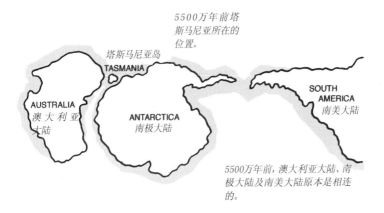

5500万年前塔
斯马尼亚所在的
位置。

塔斯马尼亚岛
TASMANIA

AUSTRALIA
澳 大 利 亚
大 陆

ANTARCTICA
南极大陆

SOUTH
AMERICA
南美大陆

5500万年前,澳大利亚大陆、南
极大陆及南美大陆原本是相连
的。

14. 路上的恶魔

代表性动物
塔斯马尼亚虎啤酒
巨人谷
皇家旅店之夜

2月11日

  我们昨天晚上在Drunken Admiral（醉上将）用餐。这家餐厅内部挂满了19世纪的绘画和版画真迹，甚至还有一副船的龙骨嵌在墙壁间，用以纪念这家餐厅名字的由来：一位喝醉的海军上将。周遭影像对我们诉说的，是这个岛屿大家都很陌生的某个侧面，多年来岛上居民只有原本是因犯的男性，终日沉溺在酒精里，因为喝酒是他们唯一的嗜好。那时候当地人想尽了各种办法吸引英国、爱尔兰的年轻女性前来，宣传手法不乏欺骗或夸大。

  后来真有女性前来，当时她们住宿的地点就是这里——我们用餐的地方。他们的后代子孙（就像餐厅里那些女孩子）看起来都很友善且喜爱运动。

  餐厅送来了龙虾、章鱼，我们喝了当地最棒的啤酒：瀑布啤酒（Cascade）。

  伊丽莎白立刻注意到啤酒瓶上的标志，那是两只袋虎——马斯塔尼亚岛上已经灭绝的老虎（其实是一种毛色类似老虎的袋狼科动物），是人类来到澳大利亚之前，大陆随处可见的巨型有袋类老虎。"最后一只马斯塔尼亚虎，"伊丽莎白告诉

上图：瀑布啤酒的商标，是两只塔斯马尼亚虎。

左页：往皇后镇的沿路风景。这座山上原本有葱葱郁郁的森林覆盖。

我们在皇后镇上住的旅馆。2008年2月拍摄。

我们，"或应该说最后一只被拍摄到、记录到的塔斯马尼亚虎于1936年死于霍巴特动物园。"

"这种动物灭绝后，就变成了品牌商标。"扑克盯着自己的杯子看。

9:00

我们开着车，前往西北方的大型保护区，寻找地球上最古老的树木。马丁说有一种松树，叫做胡昂松（Huon pine），可以有千年寿命。不过国家公园外的景色也十分优美，有几处更是美不胜收。塔斯马尼亚岛和爱尔兰差不多大，很多地方也很相似。不过人口密度就不一样了，这里大约有50万居民，所有道路都铺了柏油，在平缓山丘、树林和牧草地之间连绵不绝。柏油路上常看到被汽车碾过的动物尸体，从尾巴可以猜出是负鼠（Opossum），还有塔斯马尼亚恶魔（袋獾）。

我们回想已经灭绝的塔斯马尼亚虎和昨天晚上喝的啤酒。生产瀑布啤酒的工厂成立于1824年，说不定上次小猎犬号之旅的时候我就喝过了，但那时候塔斯马尼亚虎还很多，啤酒瓶上可能还没有以它们的图案作为品牌商标。可想而知当局对于保护这个物种不怎么用心，事实上在19世纪末，政府还付酬金给那些交出塔斯马尼亚虎皮的人，因为根据农民的说法，它们会攻击牲畜。

如今塔斯马尼亚面临灭绝危机的是当地的恶魔。它们深受一种会传染的神秘肿瘤困扰，会导致面部受损。

"他们说塔斯马尼亚恶魔待在专属保护中心内比较安全，"伊丽莎白说，"我完全无法认同。"

站在世界上最高的树下

中午12: 00，我们迷路了，而且这是今天第三次了。路标会提醒你小心袋鼠、恶魔以及鸭嘴兽，偏偏就不告诉你地图上的那些城镇在哪里。我们的车还差点没油，万一刚好在森林里没油，我们就只好待在车上，或像扑克说的，躲进空树干里过夜了。

我们终于来到斯蒂克斯河谷和大树保护区。我们原本火气很大，但当我们踏上通往巨人谷的小径时，立刻发现自己即将进入一个奇妙的地方。那些至少有2000年寿命的巨大树木，因为自然因素死亡，横躺在地形成的树木坟场有一种神奇魔力，它们的高龄可以从令人眼花缭乱的树干年轮窥

皇后镇市中心和一张澳大利亚的茶叶广告。

因为好奇而靠近的袋鼠。

提醒你此地会有袋鼠经过的路标。在塔斯马尼亚岛上袋鼠为数众多，常造成交通事故。

知。之后我们进入真正的林地，那里巍然耸立着高度至少100米的王桉（Eucalyptus regnans），是世界上最高大的树种之一，仅次于美国巨杉（Giant sequoia）。

这时候太阳攀上最高的树梢，照亮了矮树丛里的巨型蕨类、苔藓和地衣。

"我的心在哭泣，"马丁抱怨说，"想到了为了兴建船只、作为蒸汽机的燃料，这些有千年历史的植物在短短数十年间居然被砍伐殆尽。"

他说的没错。需要好几个世纪的时间，才能重建一座这样的森林。

冰天雪地遗迹

詹想不通。"冰川以前延续到这里,到澳大利亚南部?感觉一点都不像。"

但事实确实如此。以前地球南端的永恒冰川覆盖着这片山脉,一万年前,我们眼前的圣克莱尔湖(Lake Saint Clair)的一部分被冰舌所盘踞,那样的景色跟我们在巴塔哥尼亚看到的小冰山漂浮在湖面上的画面大同小异。现在是夏天,植物生长茂盛,艳阳逼得我们低头,在脸上涂防晒霜。这个湖深200米,湖畔的石头上留下了冰川曾经造访过的痕迹。我看到了典型的被冰川搬运、堆积的巨砾,地质学家称之为冰碛石。

从冰川湖仰望摇篮山(Cradle Mountain)。2008年2月拍摄。

但詹仍然半信半疑。他一心认为澳大利亚属于热带沙漠气候,不太能接受澳大利亚南方有如此温和和舒适的天气,更别说还曾经有冰川经过了。

他背起背包,走上环湖小径,这条路长8公里。

进园区前我们看了相关要求:要在小径起点写下自己的名

西南国家公园,世界遗产。

字，并说明打算走哪一条路，等到了小径出口还得签名，以确认已经安全离开。

"这里并没有什么特别危险的地方，"伊丽莎白说，"但是天气骤变会让小径变成难以通行的小溪，偶尔会有人迷路，第二天才被寻获。"

"如果找得到的话。"扑克补了一句。

以塔斯马尼亚的恶魔为主角的环境保护标志。

2月12日，8:00

我们来到皇后镇，住宿的旅馆素朴而古老，老板娘话不多。"所有费用必须预付。"她把房间及公共卫浴间的钥匙交给我们的时候说。这里很像是古老英国被移植到塔斯马尼亚岛上的感觉。墙上贴着一张茶叶广告，上面有一个农夫在跟袋鼠讲话，提醒我们身在何处。看过许多绿色山脉后，我们昨天晚上是经过一座黄色、多石的山谷后才抵达这里的，这有点意外。就连我们住宿的帝国旅馆也有些出人意表。不过这一切都有原因。在19世纪末，人们在皇后镇近郊发现了很大的铜矿，因此这里逐渐成为富裕的采矿城镇。

问题是这一带全都受到了冶炼时排放的黑烟和熔渣的污染，周围的森林全被夷为平地，以作为采矿设备的燃料，土地不再

塔斯马尼亚岛北
方典型的农田及
森林景象。

受到保护，被雨水不断冲蚀……总而言之，那是一场生态浩劫。

"世界上很多地方都发生过同样的事情，"马丁说，"只不过
这里似乎特别严重。"

离开皇后镇的时候，伊丽莎白看到植物正逐渐将采矿设
备覆盖，"需要一点时间，只要不再被打扰，大自然还是会回来
的。"

"目前来这里的只有游客，"扑克说，"他们绝对比矿工无
害。"

前往朗塞斯顿
（*Launceston*）
路上收集的植
物样本。

15. 阿瑟港

最可怕的监狱

当代杀手

特罗克妮妮(*Truganini*)的真实故事

恶魔之恶

不人道制度

我第一次来澳大利亚的时候,常看到囚犯在路边或在农场工作,处境堪怜,但我万万没想到居然会有像这样的一个地方——其实只要到今天距离霍巴特两小时车程的阿瑟港参观一下,我就会懂了。

乔治·阿瑟总督亲自管理阿瑟港监狱,后来此地就以他的名

左页:塔斯马尼亚恶魔,肉食性有袋类动物。

塔斯马尼亚恶魔幼兽,从父母身边被带走后,在保护中心饲养。

囚犯抵达霍巴特等待分发。19世纪版画。

HOBART TOWN CHAIN GANG.

下图：布鲁尼岛上，为纪念特罗克妮妮所立的碑。

字命名。他建立了一套完美的"恶魔制度"。今天初到阿瑟港的人第一印象，会觉得这里是个平静祥和之地，很像是一所废弃的英国学院，之后才会慢慢理解真相。

这里的建筑物和工厂都是囚犯盖的，他们也负责饲养家畜、耕种农田、整理总督官邸旁的文艺复兴风格花园。他们造船，自行生产钉子、皮鞋和砖块。但他们没有身份，被迫戴上面具以避免交谈，人格完全被抹杀。很多人都发疯了，监狱里有一侧牢房全都是用来关精神失常的犯人的，被羞辱是家常便饭。

现代屠杀

今天在阿瑟港可以与1830年到1877年间拘禁于此的12500名囚犯玩配对游戏。在入口处要拿一张游戏卡，上面有一个特殊记号，参观博物馆的时候就可以知道哪一个囚犯跟你拿同一张卡。命运难料，不过今天只是游戏而已。

与詹配对的是一个逃避兵役的年轻人，与薇姬妮亚配对的则是一名伦敦的小偷。

"要是与最近在本地发生的一起犯罪事件凶嫌配对就尴尬了。"腓德列克对我们说。

这个案子发生时间不算很久。有一个28岁、名叫马丁·布莱恩的家伙，喜欢流浪，喜欢运动，买了一把AR-10自动步枪，在1996年4月28日带枪走出家门，见人就杀。这场血腥屠杀就发生在这一带，在咖啡馆、书店、停车场之间，之后他沿路开枪，地点包括加油站、他家附近，对象则包括游客和当地居民，在他第二天早上被逮捕之前，一共枪杀了35人，另外有37人受伤。

不在寻常位置的麋鹿

我们来到曼欧罗斯饭店（Man

上图：阿瑟港遗迹。在小猎犬号航行时期这里是塔斯马尼亚岛上最大的监狱。

左图：罗斯桥，由囚犯建造，1836年完工，同年达尔文经过塔斯马尼亚。

152

麋鹿头部标本。
展示在曼欧罗
斯饭店的餐厅
内。

O'Ross Hotel），今天我们要在这个位于诱惑街和救赎街交叉口
的饭店过夜。我们房间面对的两条路名这样叫真是没错。另外还
有一条诅咒路，通往古老的女子监狱。晚餐很普通，但用餐的室
内空间很有趣：一个顶着巨大鹿角的麋鹿头挂在墙壁上俯视全
场。"麋鹿是在殖民初期被引进澳大利亚的，"餐厅老板娘说，
"这样那些大老爷才能重温他们在爱尔兰或苏格兰的狩猎
生活。"

　　"现在为了避免外来物种入侵,在澳大利亚机场连袜子都要脱下来检查。"扑克每次都会被叫去仔细盘查,所以特别有怨言。

　　"当年什么都可以进口,不论死活。"马丁说,"以至于今天这一带的乡间很像以前的欧洲,就连恶魔都病恹恹的。"

　　马丁带我去看一座桥,是小猎犬号时期建造的,是塔斯马尼亚岛上最古老的一座桥,和当地其他建筑一样,也是由囚犯兴建的。1836年完工,负责为桥拱着色绘图的雕刻艺术家所得到的酬劳是重获自由。

　　"他们人真好……"扑克说。

我们住宿的曼欧罗斯饭店招牌。2008年2月拍摄。

最后的原住民

　　我们乘坐接驳船来到霍巴特南边的布鲁尼岛,这里住着的小蓝企鹅(Eudyptula minor),是世界上体型最小的企鹅。库克船长曾在此地下船寻找水源,不过从历史角度来看,今天布鲁尼岛上最重要的遗迹是,塔斯马尼亚最后一个原住民的骨灰撒在这里。这个原住民叫特罗克妮妮。

　　"或许她并不真的是最后一个原住民,但达尔文告诉我们的那个事件最后以悲剧收场,而那就是她的故事。"

　　我们终于站上看似永无止境的长阶梯顶端,那里有一块碑,记载着

库克船长在布
鲁尼岛的登陆
处。

特罗克妮妮的故事。下方就是企鹅每天晚上聚集的沙滩。

伊丽莎白十分不友善地看了我一眼之后说："特罗克妮妮是
在这个小岛上出生的，小猎犬号航行经过这一带的时候，她24岁，
磨难就此开始。捕鲸渔夫杀死了她母亲，她的姐姐们被强暴后成
了奴隶，她的未婚夫为了拯救特罗克妮妮免于落入同样命运而被
杀，之后她和部落里其他幸存者被带往费莲达岛，看着族人一个
个死去。

她1876年过世，但她的遗体却得不到安宁，被人从地下挖出
来后，在当地博物馆展示了几年。和特罗克妮妮一起展出的还有
用稻草填塞的塔斯马尼亚虎及企鹅标本。直到1976年她才被火
化，骨灰就撒在我们现在所站的地方。"

拯救恶魔大作战

我们在自然保护中心，至少入口的牌子是这么写的。我们打

算进去瞧瞧,伊丽莎白则打算好好批判一番。这个中心的主要功能是拯救濒临灭绝的塔斯马尼亚恶魔。

有一种神秘的面部肿瘤病变造成塔斯马尼亚恶魔大量死亡,而且会在它们撕咬、玩耍或发情打架的时候互相传染。

"唯有采取隔离,才能阻止传染。"负责这所保护中心的年轻人解释给我们听,"如果找不出治疗方法,恐怕在10年到15年间,它们就会灭绝。"

200年前,塔斯马尼亚恶魔是澳大利亚南方诸多奇怪的小型有袋类动物之一,出没地方并不限于塔斯马尼亚。它之所以叫做"恶魔",是因为它的那对红耳朵,还有它在入夜后或生气时与外形截然不同的叫声。

"有攻击性吗?"詹问。

"它是肉食动物,会把较小的哺乳动物吓走,还会以体型较大的老弱牲口为食,所以农民才要根除它们。"

"我觉得它们好可爱,"薇姬妮亚说,"我才不管它们是不是恶魔呢。"

配对游戏卡,配对结果是关在阿瑟港监狱内一名26岁的囚犯,因偷窃一件汗衫,被判刑流放到塔斯马尼亚。

16.之前不存在的城市

神秘的巨型动物群

海平面高度

气候变迁

突如其来的大灾难

2月13日, 6:30

天还没亮, 我们就登机了。我们在一间非常现代的汽车旅馆里睡了4个钟头, 房间没有窗户, 不过距离我的床仅仅数米, 有大片落地玻璃窗面向一座假花花园和停在棚内的车。

"没人保证说整趟旅行都不会离开大自然。"扑克注意到伊丽莎白一脸不以为然的表情。幸好一切顺利。我们凌晨就收好了行李, 没有在霍巴特空无一人的街道上迷路, 准时将越野多功能车交还, 而且车身完好如初。现在我们的飞机滑翔在巴斯海峡上

左页: 从亚拉河南岸看墨尔本市。

空，再过一个小时即将抵达墨尔本，马丁的几个朋友在那里等我们。

"很难想象这1000公里的海洋曾经是可以徒步走过的陆地。"詹喃喃自语道。

"不只发生在这里，"伊丽莎白说，"法国与英国在那个年代里，也曾经是欧洲大陆的一个地区，但是到了最后一个冰河期末期，海平面就上升到今天这个高度了。"

底图: 巨型草食有袋类动物骨骼标本。

"而且事情发生的速度可能比我们想象得更快，"马丁也加入了，"因为同样那期间，很多动物物种都突然间消失了，尤其是巨型哺乳动物……"

"消失的说不定还有某些文明，"扑克插嘴说，"我认为大西洋和太平洋海底应该有好几个消失的城市遗迹。"

不予置评。我想扑克应该会跟菲茨罗伊和他的宇宙洪荒论点很合得来。

停泊大澳大利亚湾

小猎犬号于1836年2月6日离开塔斯马尼亚。那时候的天气、温度都跟今天一样，是艳阳高照的大晴天。我们当时直奔澳大利亚西南角的乔治国王湾（King George Sound），也就是今天阿尔

墨尔本今日风貌。2008年2月拍摄。

巴尼镇（Albany）所在的地方。我们在那里停靠了8天，什么事都没做。我参加了一次袋鼠狩猎活动，主要是为了能到陆地上看看。走了好几里路，只看到多砂的土壤上生长着低矮的灌木丛，还有稀疏、发育不良的乔木林和干草。那样的景象并没给我留下什么好印象。

"灌木丛还在，不过现在多了麦田和葡萄园。"扑克对我说，"生产顶级的丽丝铃白酒（Riesling）、夏多内白酒、维翁尼白酒（Viognier）、西拉红酒（Shiraz）、加本利苏维翁红酒（Cabernet Sauvignon）。"

"他的偏执狂是在这方面，"薇姬妮亚笑着说，"才不是宇宙洪荒呢。"

墨尔本，12:00

墨尔本是另一个耀眼的大都会，位于亚拉河（Yarra River）河口，对我而言是意想不到的美景。墨尔本在小猎犬号航经澳大利亚两年后才建城，并不是流刑地。今日这个城市有将近400万居民，很多是欧洲和东方人的混血。

"你不能不去看，"马丁对我大力推荐墨尔本，"我想你一定会喜欢。"

其实在玻璃帷幕加钢筋的摩天大楼间，还有很多保存状况颇佳的维多利亚式和新哥特式的建筑，公园里花团锦簇。其中

一个公园叫菲茨罗伊，但不是小猎犬号的船长，而是他哥哥查尔斯·菲茨罗伊（Charles Augustus FitzRoy, 1796～1858），曾担任澳大利亚殖民地总理。至于我的老朋友菲茨罗伊则在结束小猎犬号之旅后，变成了新西兰总督。悄悄说，他的臭脾气还蛮适合那地方的。

底图：
Palorchestes，
袋貘。

2月14日

短短数十年间在这里发生的事情真是令人感到不可思议。墨尔本所在的地方是用一车粮食和工具向原住民买来的，买主名叫约翰·巴特曼（John Batman），詹说这个名字让他想到漫画里的一个人物。这是个新城市，没有流放的囚犯，立刻吸引了一批高水平、有文化的移民，让墨尔本跟欧洲大都会十分神似。这个殖民地不断向内扩张，许多稀有的树林遭到砍伐，被辽阔的牧草地和麦田取而代之。后来人们在山区找到了金矿，所以兴建了数十条穿越山谷和内陆森林的铁轨。

其中一条老铁路被保存了下来，今天要去参观墨尔本近郊的人都得"仰赖"它：普芬蒸汽小火车（Puffing Billy）。铁道旁是再生的蓝桉树林，考拉和袋鼠都可以在此自由自在地生活。

野猫。由欧洲人
引进澳大利亚
大陆的猫，是造
成许多原生动
物灭绝的主因之
一。

小袋鼠
（*Wallaby*），
小型草食有袋类
动物。

　　"这让我想起火地岛上乌斯怀亚的小火车。"扑克拍摄火车站的时候说。

　　他指给我看躲在矮树丛中的一个"皮球"，原来那是一只袋熊。这让我想起我们在巴塔哥尼亚旅行期间提出来的很多问题，这些问题都还没有找到答案。有人开始微微觉得不安。

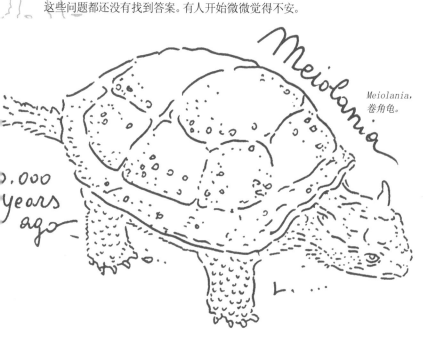

Meiolania，
卷角龟。

原因不明的物种灭绝

我们那时候不明白的是："原本生活在南美洲的大型哺乳动物怎么了？是什么原因造成彭巴草原和巴塔哥尼亚高原上大型哺乳动物，包括长颈驼、箭齿兽、磨齿兽等突然间消失不见呢？"

当我来到澳大利亚，先后在悉尼博物馆和墨尔本博物馆看到我那个时代不识其名的大型动物骨骼标本，都是有袋类哺乳动物，包括塔斯马尼亚虎的祖先袋狮（Thylacoleo）、袋熊的祖先大袋熊（Phascolonus）。另外我还看到大袋鼠和双门齿兽（Diprotodon），后者是草食有袋类动物，长相类似犀牛，高4米，6000年前还存在。

虽然澳大利亚和南美洲相隔数千公里，但无独有偶，两地灭绝的巨型动物都被体型较娇小的动物所取代了。

"人类很可能是元凶，"伊丽莎白说，"这里的原住民会焚林觅食。"

直径约一米的亚铁陨石。收藏在澳大利亚的珀斯（Perth）。

普芬蒸汽小火车,今日是贯穿再生蓝桉树林的观光用小火车。

西部博物馆（Western Australian Museum）。2008年2月拍摄。

袋熊是生性害羞的有袋类动物,出没于塔斯马尼亚森林一带和澳大利亚东南部,身长可达一米。

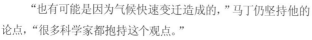

"也有可能是因为气候快速变迁造成的,"马丁仍坚持他的论点,"很多科学家都抱持这个观点。"

"也或许是……"扑克意有所指地说,"巨大天灾造成的,澳大利亚这里的陨石和冰雹一样随时都会从天而降……"

到底是不是天灾造成的?证据恐怕藏在海面下数千米,或深埋在我们明天要去的广袤沙漠底下。

17. 红沙漠

飞机专用道路

世界上最古老的圣山

跑错地方的骆驼

对圣山说千万次对不起

"看起来好像火星。"为了能从机舱小窗看清楚地面景观，薇姬妮亚和詹两个人的坐姿简直像在表演特技。我们已经飞行两个小时了，再过40分钟就会降落。窗外景色变化不大。

"偶尔会看到一条笔直的道路穿过两堆红砂丘，消失在天际。"詹说。

"这些车道同时也是小飞机的降落跑道。"马丁说，"澳大利亚甚至还设有路标提醒驾驶员：当心飞机降落。"

"这里什么都没有，为什么会在这里降落呢？"

"这里有矿和矿业公司，据说，还有一些路是白人看不见的，好让原住民可以走在这无边无际的荒漠中时找到水、食物和祭祀他们祖先的圣地。"

"就像我们待会儿会看到的，"伊丽莎白说，"乌鲁鲁巨岩。"

"白人称其为艾尔斯岩（Ayers Rock），"扑克补充说明，"至少导游书上是这么写的。"

"越来越少人这么叫它了。当初

左页：飞机下方无边无际的红色沙漠。

从尤拉腊饭店（*Yulara Resort*）出来后可以看到指向乌鲁鲁－卡塔丘塔国家公园的路标。

取这个名字，是为了纪念发现巨岩时很受欢迎的一位部长亨利·艾尔斯爵士（Henry Ayers）。你们不知道，巨岩第一次被欧洲人提起是在1872年，也就是我们的达尔文经过澳大利亚36年后。如今这个地方已经变成国家公园，归还给原住民了，而且应他们的要求，将巨岩改回古名乌鲁鲁。"

大卵石

"看起来很像是一个狂妄的艺术家完成的一尊巨大雕刻。"薇姬妮亚说。

"要是有原住民听到你这么说，赏你脑袋瓜一拳是你活该。"詹开口教训她。

"老实说，"扑克低声说，"那么奇怪的一个东西出现在沙漠里，要不是它体积够大，还真像是现代艺廊里的艺术品。"

我看了看扑克手中的导游书：乌鲁鲁巨岩高386米，长3.5公里，宽2公里。

"胡夫（Cheope）金字塔，"扑克跟我说，"也不过高147米，不像这块石头还深入地底数百米。"

我们距离巨岩大约一公里，这里有个观景点可供游客停下来观察它在夕阳余晖中的颜色变化。

"它到底是什么东西？"扑克一边把照相机固定在三脚架上一边问。

乌鲁鲁，越来越少人称其为艾尔斯岩。2008年2月拍摄。

  "5亿年前，这里是内海，"伊丽莎白对他说，"海底有沙、泥巴和卵石，经过挤压后，变成了砂岩。之后海水干涸，地表升起，风将周围的沙都吹走了，留下了这光秃秃的岩石。"

  "总之，这是块砂岩巨石。"扑克觉得自己对地质学已有了基本认识，"内含氧化铁，所以才会是这个颜色。"

  其实还有更多故事可说。乌鲁鲁见证了恐龙的出现与灭绝、哺乳动物和人类的诞生。那些不明原因造成的凹槽和裂痕诉说的

正是澳大利亚和原住民的历史。那段历史长达4万年，对于曾经在人类史上画地自限的人而言，那是一段起伏纷扰的日子。

卡塔丘塔国家公园

苍蝇。十几只苍蝇围攻你的眼睛和嘴巴，寻找水和唾液。

"它们把我们当成袋鼠了。"我们走在奥尔加山（Olgas）峡谷的时候，扑克这么说。

上图：防蚊面纱，这是可以阻挡沙漠苍蝇骚扰的唯一办法。登奥尔加山沿途风景。

"但我并不是袋鼠。"詹的双手在脸前挥个不停。

其实只需要戴上防蚊面纱这个问题就可以解决，面纱在艾尔斯岩饭店的书店里有售，两美元一个，不过扑克和詹都忘记买了。

更严重的问题是，有可能在沙丘间迷路。这里气温高达摄氏45度，导游书上建议随身携带至少两升的水，万一脱水的话事情就麻烦了。

"这条路早上11:00封闭，"马丁对我们说，"之后如果继续曝晒在太阳下很危险，尤其是在缺水的情况下。"

我们是10:00在路口下车的，这段路走起来一点也不轻松。到了中午时分，我们还有3/4的路要走。有那么一瞬间，我们还以为产生了幻觉：在灌木丛中有一只骆驼。

"骆驼是19世纪末从巴勒斯坦地区引进的，"伊丽莎白向我们解释，"直到现在仍用来载游客游览，但有几只骆驼跑掉了，在国家公园里自由晃荡。"

我们沿路还遇到了其他游客：一群笑容可掬的马来西亚女孩和一对很年轻的中国夫妻，指给我们前往最近的饮水区的路。

奥尔加山区，也就是卡塔丘塔国家公园，距离乌鲁鲁巨岩20多公里。乌鲁鲁一带有好几个区域禁止游客进入，这里倒是都可以自由参观。庞然大物般的红色圆盖就近看更能明白其特性。这里的砂岩是由许多巨大的红色卵石组成的。

"还真像是大海里的泄水塞呢。"伊丽莎白喃喃自语。

道歉书，17:00

我在距离乌鲁鲁巨岩数百米的原住民文化中心，而腓德列克和薇姬妮亚待在一个观景台上，和19世纪的艺术家一样用画笔纪录夕阳下的奥尔加山。我们则在文化中心里好奇地参观，结果找到了一样很奇特的物品。那是一个活页夹，扉页上的标题是：道歉书。我

卡塔丘塔国家公园奥尔加山峡谷。

本以为这是澳大利亚政府和其他在这里多行不义的白人表达歉意的书信，没想到不是。活页夹里面全都是在乌鲁鲁偷拿一块石头当成纪念品带走的人写来的信。道歉信来自世界各国，包括美国、法国和日本。

大家都说自己拿了石头后发生了奇怪的事：有人会出现幻觉，有人遇到反常的暴风雨，有人则遭逢难以解释的意外。

所有信件中都提到乌鲁鲁是个神奇的地方，很抱歉亵渎了此地的神圣性。

我们决定尊重原住民的意愿，跟我们一起离开的只有少许红

乌鲁鲁。对原住民而言，巨岩上的每一个隆凸或凹槽，都可以解读为千年历史的一句话。

沙——是被我们的鞋子、衣服带走的。

2月17日，13:00

飞机下方依旧是沙漠。飞行两个多小时后，再过20分钟就要降落。我们即将抵达面向印度洋的珀斯。我们会从珀斯开车前往南方400公里外的阿尔巴尼镇，之后再从珀斯搭飞机到科科斯群岛（Cocos Islands）。这是马丁安排的计划。小猎犬号航行至澳大利亚西端的时候，珀斯只是个数年前刚建城、无关紧要的小港，后来因为金矿的发现而变成西部最重要的城市。从珀斯到亚洲的雅加达和新加坡，比去墨尔本、悉尼还近。

珀斯之所以在欧洲无人不晓，是因为它的港口城弗里曼特尔（Fremantle）在1987年曾是美国杯帆船赛的比赛地点。

"珀斯在快速成长，"马丁说，"短短10年内人口增加了一倍，而且可以预见它未来的成长速度会更快。"

从飞机上往下看，眼前出现怡人美景：平坦的红色沙漠终于结束，眼前展开的是碧绿汪洋。不对，我说错了，那不是海洋，而是一大片深绿色的树林。之后我看到一条大河的河湾，那是天鹅河（Swan River）。

底图：片断的原住民"书写文字"，为后人指明地点、路径和资源。

次页：腓德列克专心画下乌鲁鲁多变的面貌。

18. 海底深渊上的岛屿

飞越台风

无底洞

环礁的秘密

全世界面临危机

2月18日,20:00

我们在科科斯群岛的小机场降落了。历经千辛万苦,这趟飞越印度洋之旅比预期花了更多时间,也多了不少惊险:我们多飞了8个小时,还意外在中途停靠在某个非预定地。在悉尼的时候,达利欧就提醒过我们,事实证明他是对的:印度洋这块海域现在是台风季。我们从澳大利亚海岸起飞后,这架澳航小飞机就跟一场台风周旋了数百公里,颠簸得很厉害。后来还无法在圣诞岛降落,那是飞科科斯群岛的中途停靠站。跑道上空云层很低,风势

科科斯群岛西岛上的日落余晖。

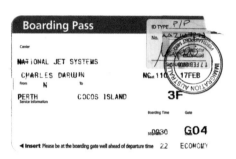

登机证。科科斯
群岛是澳大利
亚属地，可是登
机门却设在国际
航线。

强劲，雨势也很大。

"很抱歉，圣诞岛能见度太差，"两度尝试降落失败后，机长语气平静地宣布："我们必须改变航向，等待天气好转。"我看到马丁脸色发白，伊丽莎白吞口水。坐在我们后面的扑克和其他人则始终都没开过口。

我们以为飞机会直飞目的地科科斯群岛，没想到居然转向北方400公里远的印度尼西亚雅加达。飞机下方只见云层和暴风雨肆虐的汪洋。

冲破云层

空中小姐放松了。飞行途中大部分时间都挂在她眉头上的皱纹总算消失了，她微笑着和下飞机的我们告别。

阳光在厚重云层和狂风暴雨的海平面之间短暂露脸数分钟，让我们在逆光的棕榈树影中得以见到五彩绚烂的光景秀。

1836年4月1日，小猎犬号抵达又称基林群岛的科科斯群岛。那天天气不错，不过第一个印象也很吓人。那是一个孤立的环礁群岛，遥立在深度超过5000米的大海中，由最高超出海平面10英尺（约3米）的小岛围成一个环状，中央是蓝绿色的低浅潟湖。

这个迷你群岛的名字来自于岛上十分壮观的椰子树：Cocus nucifera，不过因为世界上还有其他岛屿也用了同样的名称，所以后来人们大多用1609年发现此岛的东印度公司基林（William Keeling）船长的名字称呼该群岛。

这些小岛宽只有数百米，其中最大的岛屿长12公里，岛屿地面如果不是沙滩，就都是白珊瑚。在这以碳酸钙为主要成分的地基上，植物生长茂盛，主要是椰子树，大大小小，还有刚冒新芽的，景色赏心悦目。岛屿四周是印度洋，激浪拍打着距离沙滩百来米远的珊瑚礁，之后化为涟漪缓缓而来。不过这是在没有台风的时候。

现在这里看起来十分平静。我们在科科斯群岛的联系人玛莉等在机场出口，告诉我们住宿的科科斯海滩汽车旅馆的位置就在路的另一边。其实在这里完全不会迷路，因为周围没有太多东西，只有邮局、国家公园办公室，还有沿海道路旁的上百间小屋。

珀斯国际机场。前往科科斯群岛的旅客几乎全都是着伊斯兰服装、信奉伊斯兰教的马来人。

检查行李的人员很友善，但跟珀斯的海关人员同样一丝不苟。比较麻烦的是跟我们同班飞机的那些马来人，他们带了各式各样的食物，必须接受详细的检查，有的甚至还得"隔离处置"，也就是说被安置在特定地方以确保安全无虞。

科科斯群岛上的居民

抵达珀斯的时候，我们已经对他们很好奇了。他们是住在科科斯的马来人，小孩、行李、食品都很多，但全都衣着干净优雅。男性都穿着笔挺的衬衫或长衫，头上都戴着船形帽或穆斯林头巾，修剪整齐的络腮胡或山羊胡让他们的整体造型更完美。女性则全都穿着一袭长罩袍，色彩鲜艳，缀有小小钻饰。

他们和我们一起经历了波折重重的航行，我看到有人祷告。等我们终于成功降落在圣诞岛上、双脚踏在飞机场地面的时候，有人照伊斯兰教要求朝麦加方向鞠躬。

科科斯群岛是一个由多个环绕低浅潟湖的珊瑚礁小岛组成的环状群岛。

这些人的故事跟我的第一次环游世界之旅有交集。我来到科科斯群岛前几年，有一位卑鄙的黑尔（Alexander Hare）先生开始在这个无人荒岛上种椰子，并成立了一间椰子油工厂。他引进

了一批奴隶，主要是马来人。后来罗斯船长（John Clunies-Ross, 1786～1854）跟大副李斯克（Leisk）来了，奴隶就从黑尔住的岛上逃走，投靠罗斯船长，重获自由。黑尔只得被迫放弃科科斯群岛，不过种植椰子树的劳工生活条件依旧清苦。我看他们的后代却大不相同：那些马来乘客从飞机上搬下各种物资后，便开着货车扬长而去。

冒出新芽的椰子。椰子是科科斯群岛的象征，也是这里的重要资源。

立于巨大深渊之上

在距离科科斯群岛北方1000多公里的圣诞岛上短暂停留并不在计划内，但这却让我有机会观察到我原本不知道、也无法想象的地质现象。圣诞岛虽然是距离科科斯群岛

西岛上的广播电台、邮局及国家公园办公室。

下图：飞机场及飞机。

最近的一座小岛，两者却一点都不像。圣诞岛高出海平面170英尺（约58米），植物类型与科科斯群岛完全不同，圣诞岛不是珊瑚礁地形，而是沿岸悬崖峭壁、耸立在海面上的火山岛。这里最有名的，是每年都会有巨型蟹如潮水般大举入侵。不过最独特的是，圣诞岛立在印度洋最深的海沟上，海沟深25344英尺，等于8400多米。这条海沟，仿佛是海底的一道伤口，从苏门答腊、爪哇岛到巴厘岛，绵延数千公里。

"那条海沟可以把全世界的山都塞进去，"马丁一边对着下方的岛屿按快门，一边跟腓德列克说，"那里可以容纳圣母峰、白朗峰和整座安第斯山脉，而且还有多余空间。"

后来飞机终于成功降落，我们就忙其他事去了。

科科斯群岛的西岛（West Island），23:00

　　飞机停在我们住宿的小屋外100米远的地方，有种停车在自家后院的感觉。明天早上这架飞机起飞后，5天内不会再有其他航班起降。在科科斯俱乐部开了一瓶实至名归的庆祝香槟后，空姐和机长也都去睡了。月亮几乎是满月，以等同50瓦灯泡的亮度照着美景。我望着窗外的浪花拍打着珊瑚礁，珊瑚礁的另一边是深不可测的大海。我记得菲茨罗伊曾测量过这一带的海水深度，直到2000米都没触底。就算4000米也一样碰不到底。正是因为他有此举，我才推演出环礁理论的，它不如进化论那么广为人知，但让我很早就小有名气。环礁理论揭开了这些奇怪小岛不断与大海搏斗的秘密。不过马丁提醒我注意一个问题，是在我那个年代难以想象的。他说如果全球变暖持续，冰川溶化、海平面上升，这些小岛迟早要消失。西岛前方有几座小岛已经不见，小屋前面的海岸也有近期留下的侵蚀痕迹。这些珊瑚礁岛能够抵挡这日渐逼近的威胁吗？环礁会继续存在，而且因为珊瑚这奇妙的生物，环礁还会继续生长。它们对抗海洋之战早在数百万年前就已开打，我想在未来数十年内，这场战役必定可歌可泣。

西岛市中心的路标，市中心就在机场外。西岛是科科斯群岛中最大的岛，长11公里，最宽的地方仅有800米。

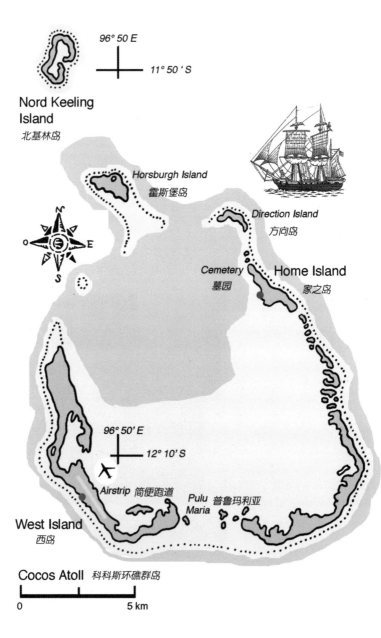

Nord Keeling Island
北基林岛

96° 50 E
11° 50 ' S

Horsburgh Island
霍斯堡岛

Direction Island
方向岛

Cemetery
墓园

Home Island
家之岛

N

O   E

S

96° 50' E
12° 10' S

Airstrip 简便跑道

Pulu   普鲁玛利亚
Maria

West Island
西岛

Cocos Atoll 科科斯环礁群岛

0   5 km

19. 沉没在海中的火山

珊瑚山

防椰安全帽

上千只椰蟹

澳大利亚最小的国家公园

2月19日

"真不可思议，放眼望去，我们所看到的，不是珊瑚，就是立在珊瑚上。"

说话的人是马丁。我们来到西岛最南端，准备步行通过海峡到另外更小的一个岛上。

我之前也没有立刻意识到，在潟湖下方，在露出海面的这些岛屿下方，在这些作为屏障、数百米外就陡降的珊瑚礁下方，只有数十亿各种小动物的骨骸化石。

"有人估计这里的珊瑚厚度有600米左右。"

"下面到底有什么？"扑克一边问一边拍一只突然冒出来的红螃蟹。

"一座古老的岛屿，应该说是一座巨大的火山。"

科科斯群岛邮票。图片上的大砗磲是保护物种。

下图：在西岛沙滩上捡到的单壳贝类。

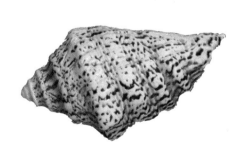

184

接下来轮到我来说故事了：

"所有环礁都是这么来的。环礁是受侵蚀作用、沉没的古老火山岛，火山逐渐下沉，海平面渐渐上升，珊瑚持续堆栈生长，但始终跟海面保持一定的距离，绝不会低于30米。"

在椰子树间骑自行车

我们骑着自行车在岛上逛，这是我们旅行这么久以来第一次利用这种交通工具。我觉得既简单又优雅。我们在莫雷阿岛和塔

上图：群体珊瑚的不同结构。

下图：科科斯群岛上的椰蟹和大砗磲。

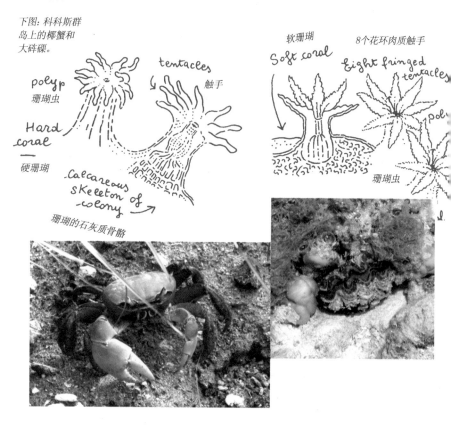

希提的时候本来也可以骑车，但错过了机会。这些环礁岛屿不但小，而且地势十分平缓，汽车几乎无用武之地，有人居住的小岛之间都靠渡轮联系。

"唯一不方便的是，"詹抱怨，"强制你戴安全帽。大家都戴，你如果不戴就会招来异样的眼光。"

"搞得跟车水马龙的悉尼一样！"薇姬妮亚也附和，"唯一的好处是万一有椰子掉到你脑袋瓜上……"

薇姬妮亚不是在开玩笑。我们现在所在的小岛上，到处都是椰子树，道路两旁的椰子堆积如山，有老掉的、新摘的，还有刚冒新芽的。

就连用柏油或是珊瑚砂铺成的车道上，也都零星散落着椰子。

"一颗椰子大概两公斤重，如果在错误的地点或时间掉落，会对车辆或游客的脑袋瓜造成严重伤害。"

"才怪！"詹笑了。

"咚"一声，一颗绿色的大椰子正好掉落在他面前。

数以千计的椰蟹

珊瑚砂车道上到处都是洞，那些是椰蟹的窝。椰蟹可以长到非常大，但我们看到的不超过20至30厘米。

这里没有蛇，唯一的爬虫类是小壁虎，今天早上伊丽莎白在她的床上就找到一只。

"无害又可爱，而且会带来好运。"伊丽莎白这么说。

壁虎的确会让房间没有蚊虫，这点很棒，它们的工作很有意义。其他爬虫类还有海龟，科科斯群岛有好几种海龟。

回头来谈科科斯的椰蟹吧。椰蟹最神奇的是，它们可以弄破椰子外壳，喝椰子汁、吃椰子肉为食。

原本活着、后来死亡的贝类和珊瑚一起构成了环礁。

遇到海水退潮的时候，小岛间可以踏群礁（reef）而过，互通有无。

到了晚上椰蟹就成群结队出现，到海边清洗蟹螯，捕捉海水退潮后困在岸边的小动物吃。

椰子，坚不可摧的椰子

薇姬妮亚和伊丽莎白正在跟一颗椰子较劲。她们想要喝椰汁、品尝椰子肉的滋味，结果白忙一场。没有特殊的工具，一种类

涉水过海要去另一个小岛途中捡拾的贝类。

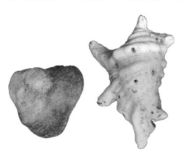

我们脚下有600 米厚的珊瑚和 一座超过4000 米的熄火山。

似开山刀的工具，她们根本不可能剖开椰子。

在这些岛屿上没有任何石头能够伤到椰子，而且真正的椰子壳是一层数厘米厚的粗纤维，不管用什么东西敲打它，都会反弹回来。

最后她们两个放弃了，到海湾来跟我们会合一起看海。我们可以好整以暇地待在那里，因为正好是退潮期。扑克忙着把露出水面的珊瑚、海参、软体动物和其他生物全都拍下来。

水面下有两团阴影快速向我们靠近。

"很像是小鲨鱼……"伊丽莎白嘟囔着说。

我们心生怀疑，在珊瑚间跳起后迅速撤离。

命中注定

　　从我上次搭乘小猎犬号到现在，这些岛屿改变了很多。我指的不是第二次世界大战兴建的飞机场，也不是近数十年来澳大利亚人兴建的那些木桩小屋。改变的是植物面貌，如今椰子独霸全岛，而当年椰子是和其他高茎植物共生的。

　　"还有你在《小猎犬号航海记》里提到的那些螃蟹，"伊丽莎白也提出质疑，"看起来也不像你说的那么大、那么孔武有力。"

　　马丁对我说在如今被划为普鲁基林国家公园（Pulu Keeling National Park）的北基林岛（North Keeling）上，一

无刺藤（*Pisonia grandis*）的叶子和花，这是一种高茎植物，通常与椰子树共生。

定会找到原生植物。如果天气、海象允许的话，我们就会去。北基林岛距离环礁20多公里，二者以海面下方七八百米深的地层相连接。它是沉入海中的大岛的一部分，后来有珊瑚在其峰顶栖息生长而成。普鲁基林国家公园是澳大利亚最小的国家公园，人们放弃在那里栽种椰子，因此保留了我当年造访时的原貌，这里的植物与动物都维持了原本的多元性。

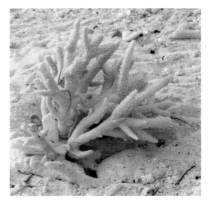

很普遍的鹿角珊瑚丛。

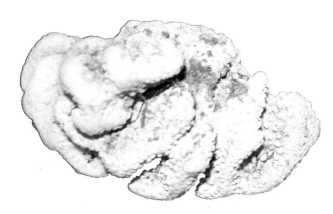

珊瑚碎片变成了礁块。

20.家之岛

椰子大王

价值600万美元的环礁

印度洋上的坟墓

气候之谜

2月20日

椰子可以榨油。但扑克不知道的是，椰子肉烘烤后可以取得咖喱，这种香料以前主要在印度很受欢迎，如今全世界无人不晓。椰子决定了这个环礁小岛的命运，也决定了住在家之岛（Home Island）上所有居民的命运。1836年小猎犬号驶入科科斯潟湖的时候，这一小方岛屿就叫这个名字。今天我们是从投宿的西岛出发，坐渡轮去家之岛的。渡轮只载货物及人员，但今天还载了我们的自行车。渡轮一天跑4至5趟，横渡潟湖需要20分钟左右。这里的海水很清澈，但许多地方深不见底。

"真是不可思议，"扑克说，"在我们下方数百米处是熄火山的火山口。"

左页: 家之岛上的墓园。在此长眠的除了罗斯家族的成员外，还有达尔文在小猎犬号之旅时认识的几个人。

联络西岛和家之岛之间的渡轮。

　　家之岛上的居民都是伊斯兰教徒，住在用木板和金属板搭
建的干净房舍中。每个家庭的宽敞房舍都盖在棕榈树、香蕉树和
面包树之间，路边和停车棚里停放着快艇和小型越野多功能车。
这个地方很安静，也很平和。

　　我们预约要参观岛上的博物馆，结果收到了一个惊喜——负
责接待我们的是一群马来小学生和他们的澳大利亚老师，他们将
担任我们的小岛导游。

12:00

　　小朋友们轮番自我介绍，他们的名字不是阿拉伯文就是取
自圣经：阿罕默德、伊斯玛、拉希德、法蒂玛。我们才刚下船没多
久，清真寺就传出祷告声。不过周围景色完全不见阿拉伯色彩，
唯一的例外是招待我们去家里坐的大人、小孩身上穿的衣服。

　　我看到几株面包树的果实远比我们在莫雷阿岛上看过、品
尝过的都大上许多。

　　小导游带我们去看鲣鸟（Sula），与之前我们在加拉帕戈斯
群岛看到的很相似。不过这里的鲣鸟很温驯，伊丽莎白走到它们
栖息的支架旁，其中一只还很友善地啄她的手。

　　我对上一次来科科斯群岛所见到的鲣鸟印象很深刻。我记
得它们坐在低矮的巢中，气呼呼地瞪着我。

*家之岛上的村
庄与聚落。2008
年2月拍摄。*

其他地方的动物都学会了逃跑，但这里的鲣鸟却变得跟人更亲近了。

后来他们还招待我们吃在太阳下烹煮的虾、蟹，以及十分美味的鱼肉和椰子。这个家之岛真是太出乎我的意料了。

印度洋上的坟墓

"这是科科斯第一位国王的坟墓。"小导游中有一个伊斯兰小女生这么告诉我们。我们来到了家之岛上的墓园。我想不出另一个比这里更美丽的长眠地，这座墓园绿草如茵，草地上点缀着几株棕榈树、珊瑚礁、印度洋三面环绕。墓园没有按伊斯兰、基督教划分，不过比较古老的墓碑都是基督教徒的，伊斯兰教徒的墓碑则比较新、照顾得比较好，有花相伴，还有白色小伞遮阳。

我想我知道第一位"科科斯国王"是谁，也知道葬在他旁边的那些人是谁：是罗斯船长和他家族的成员。小猎犬号来到科科斯群岛的时候，罗斯不在，否则我应该会更清楚后来发生的事。英国对他的评价很高，认为罗斯能在印度洋中常有海盗出没的岛上经营椰子事业，实在勇气可嘉。所以罗斯家族被视为英国政府驻当地的代表，直到1978年该家族都是科科斯群岛的唯一拥

底图：Gong Gong（蜘蛛螺）。

鲣鸟，与之前在加拉帕戈斯群岛上看到的很相像。这里的物种比较温驯。

有人。1978年科科斯群岛被卖给了澳大利亚政府，售价为600万美元。

"这个价钱还蛮合理的。"扑克说。

"还有一个罗斯家族后裔今天仍住在家之岛上，很乐意接见访客。"陪伴我们的那位老师私底下透露。

我们知道得太晚了，好可惜。马丁很想去拜访他，可是我们明天一大早就得出发离开了。

水中之谜

在渡轮载着我们回西岛的途中，伊丽莎白看起来若有所思。"潟湖里有些地方的水不够清澈。"

"难道这里也有污染？"扑克很诧异地看着她，"这里可是印度洋呢。"

底图：蓝面鲣鸟（Sula dactylatra）。

"我想应该是单细胞海藻。现在看起来并不严重，但如果气候改变，有可能造成比水污浊更严重的后果。1983年3月，全世界南方包括秘鲁、厄瓜多尔、加拉帕戈斯群岛、南美洲、澳大利亚和印度尼西亚一带的海域温度升高，导致这个环礁面临一场生态浩劫。藻类大量繁殖，将潟湖内的氧气全都消耗殆尽，害死了鱼类和绝大部分的水中生物，而且速度非常快。"

"看来气候还真是个全世界都得关心的议题。"扑克语带嘲讽。

"世界真的很小。"我们下船的时候，马丁做了这个结论。

飞越科科斯群岛

2月21日，12:00。我们已经飞了6个小时了。这次我们没有遇到台风或乱流，天空万里无云，下方的海面看来也很平静。飞机上只有15名乘客，在圣诞岛中途停靠的时候，又有3名乘客登机。

这一趟航行很平稳。

起飞前，机长就向我们保证："根据气象预测，今天天气很好。"机长是这么说的，而且说得很准。菲茨罗伊船长应该会对此深表嘉许。他当年指挥小猎犬号在印度洋上航行的时候，没有卫星也没有无线电的支持。菲茨罗伊固然有很多缺点，但他是个很

196

在科科斯群岛上收集的干燥植物标本。

棒的气象学家。我想，今天的你们在预测天气方面绝对比他强，而且很懂得善用短期的预测结果。

但我担心你们对于长期的气候问题恐怕太过轻视了。

返回伦敦

旅行继续前进：从新加坡到非洲内罗华（Nairobi）经过很复杂的转机过程后，我们抵达了毛里求斯（Mauritius），那里是渡渡鸟（Dodo）的故乡。渡渡鸟是一种巨型鸟，在小猎犬号航经毛里求斯前数年灭绝。之后达尔文再度来到开普敦、圣赫勒拿岛（Sant' Elena），最后回到英国的法尔茅斯（Falmouth）。

从这里搭一段火车，再换地铁，我们的查尔斯·达尔文就回到了他的长眠之地：威斯敏斯特教堂。在牛顿和其他英国名人的陪伴下，他会有足够时间好好回顾在这"第二次环游世界之旅"中的所见所闻。

至于这次跟达尔文一起旅行的同伴们则在伦敦希思罗机场各奔前程，大家握手、亲吻、拥抱，并许下承诺，承诺要在2009年2月12日达尔文200岁诞辰的时候，再度齐聚伦敦。

接下来还有很多事要做，很多故事要说。达尔文的第二次环游世界之旅于2005年10月出发，走了9万公里，相当于绕地球两圈。运用了各种不同的交通工具，包括自行车、加拉帕戈斯群岛小马、直升机和塔希提的舷外浮杆独木舟。参观了将近150个博物

毛里求斯和路易
港。2008年3月
拍摄。

馆和保护区，共拍了约两万张照片，完成了1000多张写生和绘画。

这是一趟为了知识探索而完成的冒险之旅，走过的路线将各据一方的遥远国度和不同人民都串联起来，这让人忍不住想要再投入到其他以自然、环保之名发起的类似活动中去。

我们的老朋友达尔文已经竖起耳朵了，说不定下一趟旅行他还会再跟我们一起并肩同行呢。

伦敦希思罗机场
2008年6月

小猎犬号之旅

1831年
12月27日
从丹佛港出发
（普利茅斯，英国）

1832年
1月18日～2月8日
佛得角群岛

2月28日
巴伊亚（Bahia，或称圣萨尔瓦多San Salvador）

4月4日～7月5日
里约热内卢
（4月8日～25日探访内陆）

7月26日～8月19日
蒙特维多

9月6日
布兰卡港

11月2日～28日
蒙特维多

12月16日～1833年2月26日
火地岛

1833年
3月1日～4月6日
马尔维纳斯群岛

4月28日～7月25日
马尔多纳多

8月3日～24日
内格罗河口

8月11～17日
从艾尔卡门（El Carmen）到布兰卡港

8月24日～10月6日
勘查海岸，一直到阿尔塔角

9月8日～20日
从布兰卡港到布宜诺斯艾利斯

9月27日～10月20日
探访圣大非及巴拉那河

10月21日～12月6日
蒙特维多

11月14日～28日
探访梅塞德斯（Mercedes）

1834年
1833年12月25日～1834年1月4日
德塞阿多港

1月9日～17日
圣胡利安港

1月29日～4月7日
马尔维纳斯群岛

4月13日～5月12日
圣克鲁斯河

5月21日
进入麦哲伦海峡

6月28日～7月13日
奇洛埃岛（Chiloé）

7月23日～11月10日
瓦尔帕莱索（Valparaiso）

8月14日～9月27日
探访安第斯山脉

1835年
1月21日~2月4日
奇洛埃岛及乔诺斯群岛（Chonos）

2月2日~22日
巴尔迪维亚（Valdivia）

3月4日~7日
康塞普西翁

3月11日~17日
瓦尔帕莱索

3月13日~4月10日
从智利的圣地亚哥穿越安第斯山脉到
阿根廷的门多萨

3月27日~4月17日
康塞普西翁一带

4月17日~6月27日
智利沿岸

4月27日~7月4日
探访科金博（Coqimbo）及科皮亚波
（Copiapó）

7月12日~15日
伊基克（Iquique，秘鲁）

7月19日~9月7日
卡亚俄（Callao）

9月16日~10月20日
加拉帕戈斯群岛

11月15日~26日
塔希提

12月21日~30日
新西兰

1836年
1月12日~30日
悉尼

2月2日~17日
霍巴特（Hobart），塔斯马尼亚

3月3日~14日
乔治国王湾（King George
Sound）

4月2日~12日
科科斯群岛
（Cocos Islands）

4月29日~5月9日
毛里求斯

5月31日~6月18日
好望角

7月7日~14日
圣赫勒拿岛

7月19日~23日
阿森松岛（Ascencion）

8月1日~6日
巴伊亚（或称圣萨尔瓦多）

8月12日~17日
伯南布哥（Pernambuco）

10月2日
抵达英国法尔茅斯（Falmouth）

达尔文之旅路线上的博物馆
及生态保护区

塔希提与岛屿博物馆
MUSÉE DE TAHITI ET DES ILES

怀马蒂传教团
Te AhuAhu Road, Waimate North
http://www.historic.org.nz

高更美术馆
MUSÉE PAUL-GAUGUIN

怀波瓦贝壳杉林
WAIPOUA KAURI FOREST
http://www.paihia.co.nz

植物园
JARDIN BOTANIQUE

群岛湾的派希亚
PAIHIA, BAY OF ISLANDS
http://www.paihia.co.nz

法提国家公园
PARC NATUREL DE FAAITI

怀托摩洞穴博物馆
华卡列瓦列拉森林公园
WAITOMO MUSEUM OF CAVES
WHAKAREWAREWA FOREST PARK

奥普诺胡农业中学
LYCÈE AGRICOLE D'OPUNOHU

圣泉地热公园
WAI-O-TAPU (SARED WATERS)
http://www.geyserland.co.nz

岛屿研究及环境观测中心（CRIOBE）
CENTRE DE RECHERCHES
INSULAIRES ET OBSERVATOIRE DE
L'ENVIRONNEMENT-CRIOBE

东加里诺国家公园
TONGARIRO NATIONAL PARK
http://www.nationalpark.co.nz

奥克兰博物馆
（TE PAPA WHAKAIKU）
Domain Drive, Auckland
http://www.aucklandmuseum.com

蒂帕帕博物馆
TE PAPA MUSEUM
Cable Street, Wellington
http://www.tepapa.govt.nz

蓝山国家公园
BLUE MOUNTAIN NATIONAL PARK